UM ARTISTA DO MUNDO FLUTUANTE

KAZUO ISHIGURO

Um artista do mundo flutuante

Tradução
José Rubens Siqueira

2ª reimpressão

Copyright © 1986 by Kazuo Ishiguro

*Grafia atualizada segundo o Acordo Ortográfico da Língua Portuguesa de 1990,
que entrou em vigor no Brasil em 2009.*

Título original
An Artist of the Floating World

Capa
Alceu Chiesorin Nunes, adaptado de Faber and Faber

Ilustração de capa
Neil Gower

Preparação
Ana Lima Cecilio

Revisão
Jane Pessoa
Carmen T. S. Costa

Dados Internacionais de Catalogação na Publicação (CIP)
(Câmara Brasileira do Livro, SP, Brasil)

Ishiguro, Kazuo
    Um artista do mundo flutuante / Kazuo Ishiguro ; tradução
José Rubens Siqueira. — 1ª ed. — São Paulo : Companhia das
Letras, 2018.

    Título original: An Artist of the Floating World.
    ISBN 978-85-359-3105-1

    1. Ficção inglesa – Escritores japoneses 2. Guerra Mundial,
1939-1945 – Arte e guerra – Ficção I. Título.

18-14128   CDD-823.91

Índice para catálogo sistemático:
1. Ficção : Literatura japonesa em inglês 823.91

Todos os direitos desta edição reservados à
EDITORA SCHWARCZ S.A.
Rua Bandeira Paulista, 702, cj. 32
04532-002 — São Paulo — SP
Telefone: (11) 3707-3500
www.companhiadasletras.com.br
www.blogdacompanhia.com.br
facebook.com/companhiadasletras
instagram.com/companhiadasletras
twitter.com/cialetras

Para meus pais

OUTUBRO DE 1948

Se, num dia de sol, você subir o caminho íngreme que sai da pequena ponte de madeira que por aqui ainda chamam de "Ponte da Hesitação", não terá de andar muito para avistar o telhado de minha casa entre os topos de duas árvores de gingko. Mesmo que não ocupasse uma posição tão proeminente no morro, a casa se destacaria de todas as outras da vizinhança, de forma que, ao subir o caminho, você poderá se ver perguntando que tipo de homem rico é o dono dela.

Porém eu não sou, nem nunca fui, um homem rico. O ar imponente da casa se justifica talvez se eu informar que ela foi construída por meu predecessor e que ele era ninguém menos que Akira Sugimura. Claro, você pode ser novo na cidade, nesse caso o nome de Akira Sugimura não vai te dizer nada. Mas mencione esse nome para qualquer pessoa que viveu aqui antes da guerra e vai descobrir que, durante trinta e tantos anos, Sugimura esteve inquestionavelmente entre os homens mais respeitados e influentes da cidade.

Se eu lhe disser isso e, quando chegar ao alto do morro,

você parar e olhar o belo portão de cedro, a grande área cercada pelo muro do jardim, a cobertura com suas telhas elegantes e a cumeeira entalhada com estilo apontando para a paisagem, você pode muito bem se perguntar como eu pude comprar uma propriedade dessas, sendo, como eu digo, um homem de meios apenas medianos. A verdade é que comprei a casa por uma soma nominal — uma quantia que não era provavelmente nem metade do valor real da propriedade naquela época. E isso foi possível devido a um processo muito curioso — alguns diriam tolo — instigado pela família Sugimura durante a venda.

Isso já é coisa de uns quinze anos. Naquela época, quando minhas condições pareciam melhorar a cada mês, minha mulher começara a me pressionar para encontrar uma casa nova. Sempre previdente, ela argumentara que era importante termos uma casa à altura de nosso status — não por vaidade, mas em função das perspectivas de casamento de nossas filhas. Eu até via sentido naquilo, mas como Setsuko, nossa filha mais velha, ainda tinha apenas catorze ou quinze anos, não pensei nesse assunto com nenhuma urgência. No entanto, durante um ano talvez, sempre que ouvia falar de uma casa adequada à venda, me lembrava de tomar informações. Foi um de meus alunos quem primeiro trouxe a meu conhecimento que, um ano depois da morte de Akira Sugimura, sua casa seria posta à venda. Parecia absurdo que eu viesse a comprar uma casa daquelas e atribuí a sugestão ao respeito exagerado que meus alunos sempre tiveram por mim. Mas mesmo assim fui atrás de informações e obtive uma resposta inesperada.

Uma tarde, recebi a visita de duas senhoras altivas, grisalhas, que eram as filhas de Akira Sugimura. Quando expressei minha surpresa por receber tamanha atenção de uma família tão distinta, a mais velha das irmãs me disse friamente que não tinham vindo por mera cortesia. Que ao longo dos meses anteriores tinham recebido um bom número de pedidos de informações sobre a casa de seu falecido pai, mas a família decidira recusar todos, menos quatro solicitações. Essas quatro solicitações tinham sido selecionadas cuidadosamente pelos membros da família com base exclusivamente em bom caráter e realizações.

"É de grande importância para nós", ela continuou, "que a casa que nosso pai construiu passe para alguém que ele teria aprovado e considerado digno dela. Claro, as circunstâncias exigem que se leve em conta o aspecto financeiro, mas isso é estritamente secundário. Diante disso, definimos um preço."

Nessa altura, a irmã mais nova, que mal tinha falado, me apresentou um envelope, e as duas observaram, sérias, enquanto eu o abria. Dentro, havia apenas uma folha de papel, em branco, a não ser por um número escrito com elegância a pincel e tinta. Eu estava prestes a expressar minha perplexidade por preço tão baixo, quando vi nos rostos diante de mim que maiores discussões sobre as finanças seriam consideradas de mau gosto. A irmã mais velha disse simplesmente: "Não será interessante para nenhum de vocês tentar propor mais que o outro. Não estamos interessados em receber nada além do preço citado. O que vamos fazer daqui para a frente é realizar um leilão de prestígio".

Elas tinham vindo pessoalmente, explicaram, para pedir formalmente, em nome da família Sugimura, que eu permitisse — ao lado, é claro, dos outros três pretendentes — uma investigação mais detalhada de meu passado e credenciais. Assim seria escolhido o comprador adequado.

Era um procedimento excêntrico, mas não vi nele nenhuma objeção; afinal, era a mesma coisa que estar envolvido numa negociação de casamento. Na verdade, eu me sentia um tanto lisonjeado por ser considerado um candidato digno da parte de uma família tão antiga e exigente. Quando dei meu consentimento para a investigação e expressei a elas minha gratidão, a irmã mais nova se dirigiu a mim pela primeira vez e disse: "Nosso pai era um homem culto, sr. Ono. Tinha muito respeito por artistas. Na verdade, ele conhecia o seu trabalho".

Nos dias seguintes, fiz eu mesmo algumas investigações e descobri o que as palavras da irmã mais nova queriam dizer; Akira Sugimura tinha de fato sido um entusiasta das artes, e em diversas ocasiões financiara exposições de arte. Descobri também rumores interessantes: uma parte significativa da família Sugimura parecia ter se oposto absolutamente à venda da casa, e aconteceram acerbas discussões. Por fim, as pressões financeiras tornaram a venda inevitável, e o estranho procedimento em torno da transação representava as condições daqueles que não queriam que a casa saísse da família. Era inegável que havia algo de arrogância nesses arranjos, mas de minha parte eu estava disposto a entender os sentimentos de uma família com uma história tão distinta. Minha esposa, porém, não aceitou bem a ideia de uma investigação.

"Quem eles pensam que são?", ela protestou. "Nós devíamos dizer que não queremos nada com eles."

"Mas qual é o problema?", observei. "Não temos nada a esconder. É verdade, não venho de família rica, mas sem dúvida os Sugimura já sabem disso, e mesmo assim nos consideram candidatos dignos. Eles que investiguem, só vão encontrar coisas vantajosas para nós." E fiz questão de acrescentar: "De qualquer forma, não vão fazer nada além do que fariam se estivéssemos negociando um casamento com eles. Vamos ter de nos acostumar com esse tipo de coisa".

Além disso, havia, sem dúvida, muito a admirar na ideia de "um leilão de prestígio", como dissera a irmã mais velha. É até de imaginar por que as coisas não são resolvidas por esse meio mais vezes. Como é muito mais honrosa uma disputa em que são levadas em conta a conduta moral e as realizações em vez do tamanho da bolsa. Ainda me lembro da profunda satisfação que senti quando soube que — depois da mais minuciosa investigação — os Sugimura tinham considerado a mim o mais digno da casa que tanto amavam. E sem dúvida essa casa merece que se tenha sofrido alguns inconvenientes; apesar do exterior grandioso, imponente, por dentro é um lugar de madeiras naturais delicadas, escolhidas pela beleza de seus veios, e todos nós que vivemos nela viemos a considerá-la muito propícia para calma e relaxamento.

Apesar de tudo isso, a arrogância dos Sugimura se revelou durante toda a transação, e alguns membros da família não faziam a menor tentativa de disfarçar a hostilidade que sentiam por nós, e um comprador menos compreensivo poderia ter se ofendido e abandonado a coisa toda. Mesmo em anos posteriores, eu às vezes encontrava por acaso algum membro da família que, em vez da conversa polida usual, ficava lá parado na rua me interrogando sobre o estado da casa e quaisquer alterações que eu tivesse feito.

Hoje em dia, raramente escuto falar dos Sugimura. Porém, logo depois da rendição, recebi a visita da mais nova das duas irmãs que haviam me abordado na época da venda. Os anos de guerra a tinham transformado em uma velha magra e doente. Com os modos característicos da família, ela não fez nenhum esforço para esconder o fato de que sua preocupação era com a maneira como a casa — e não seus moradores — havia enfrentado a guerra; ela apresentou apenas a menor das comiserações ao saber de minha esposa e de Kenji, antes de partir para perguntas a respeito dos danos da bomba. Isso, de início, me indispôs com ela; mas então comecei a notar como seus olhos passeavam involuntariamente pela sala, como de vez em quando ela parava de repente no meio de uma de suas frases comedidas e formais, e me dei conta de que lhe vinham ondas de emoção por se encontrar de volta a esta casa. Então, quando suspeitei que a maior parte de sua família da época da venda estava morta agora, comecei a sentir pena dela e me ofereci para lhe mostrar tudo.

A casa recebera a sua cota de danos de guerra. Akira Sugimura havia construído uma ala leste, composta por três quartos grandes, ligados ao corpo principal da casa por um longo corredor paralelo a um dos lados do jardim. A extensão desse corredor era tão extravagante que algumas pessoas sugeriam que Sugimura o construíra — junto com a ala leste — para seus pais, que desejava manter à distância. O corredor era, de qualquer forma, um dos aspectos atraentes da casa; à tarde, toda a sua extensão era banhada pelas luzes e sombras da folhagem externa, de forma que era como se passássemos por um túnel ajardinado. O grosso de danos da bomba tinha sido nessa parte da casa, e quando a observamos do jardim, vi que a srta. Sugimura estava perto das lágrimas. Nessa altura, eu havia perdido toda a minha irritação inicial com a velha senhora e garanti a ela, da melhor maneira possível, que os danos seriam reparados na primeira oportunidade e a casa ficaria de novo como seu pai a havia construído.

Quando prometi isso a ela, não fazia ideia de como os materiais ficariam escassos. Durante um longo período depois da rendição, era preciso esperar semanas por uma única peça de madeira específica ou um suprimento de pregos. O trabalho que eu podia fazer nessas circunstâncias tinha de ser restrito ao corpo principal da casa — que de forma alguma havia escapado inteiramente dos danos —, e o progresso no corredor do jardim e na ala leste tem sido lento. Fiz o que pude para evitar qualquer deterioração mais séria, porém ainda estamos longe de conseguir abrir de novo essa parte da casa. Além disso, agora que só sobramos Noriko e eu aqui, parece haver menos urgência em ampliar nosso espaço.

Hoje, se eu levar alguém aos fundos da casa e afastar a cortina pesada para que veja o que resta do corredor do jardim de Sugimura, ainda se teria uma impressão de como era bonito. Mas sem dúvida se notam também as teias de aranha e o mofo que não tenho conseguido evitar; e as grandes aberturas no teto, protegidas do céu apenas por lona impermeável. Às vezes, de manhã cedinho, afasto a cortina e encontro o sol se derramando entre as lonas em raios coloridos, revelando nuvens de poeira no ar como se o teto tivesse acabado de cair naquele instante.

À parte o corredor e a ala leste, os danos mais sérios foram na varanda. Membros de minha família, principalmente minhas duas filhas, sempre gostaram de passar tempo ali, conversando e olhando o jardim, e assim, quando Setsuko — minha filha casada — veio nos visitar logo depois da rendição, não fiquei surpreso de ver como ela se entristeceu com o estado em que estava. Na época, eu havia reparado o pior dos danos, mas numa ponta a varanda ainda estava ondulada e rachada, onde o impacto da explosão havia empurrado as tábuas de baixo para cima. O telhado ali também havia sofrido e em dias chuvosos ainda precisávamos enfileirar recipientes no piso para captar a água das goteiras.

Ao longo deste último ano, porém, consegui fazer algum progresso, e quando Setsuko veio nos visitar de novo, no mês passado, a varanda estava quase toda restaurada. Noriko tirara uma folga do trabalho para a visita da irmã e então, como o tempo continuava bom, as duas passaram muito tempo ali, como antigamente. Eu ficava com elas muitas vezes, e outras era quase como tinha sido anos atrás quando, num dia de sol, a família sentava ali para conversas relaxadas e sem importância. A certa altura do mês passado — deve ter sido na primeira manhã depois que Setsuko chegou — estávamos sentados na varanda depois do café da manhã e Noriko falou:

"Estou aliviada por você finalmente ter vindo, Setsuko. Vai tirar um pouco o papai das minhas mãos."

"Noriko, o que é isso…" A irmã se ajeitou, desconfortável, na almofada.

"Papai exige uma porção de cuidados agora que se aposentou", Noriko continuou, com um sorriso malicioso. "Precisa ser mantido ocupado senão começa a se lastimar."

"Por favor…" Setsuko sorriu, nervosa, e virou-se para o jardim com um suspiro. "O bordo parece completamente recuperado. Está lindo."

"Setsuko não deve fazer a menor ideia de como o senhor está hoje em dia, pai. Ela só se lembra de quando era um tirano, nos dando ordens. O senhor está muito mais calmo agora, não é verdade?"

Dei risada para mostrar a Setsuko que era tudo brincadeira, mas minha filha mais velha continuou parecendo incomodada. Noriko virou para a irmã e acrescentou: "Mas ele exige muito mais cuidados, se lamentando pela casa o dia inteiro".

"Ela está falando bobagem, como sempre", interferi. "Se eu passo o dia inteiro me lamentando, quem foi que fez esses consertos?"

"É verdade", Setsuko falou e olhou para mim com um sorriso. "A casa está maravilhosa agora. Pai, o senhor deve ter trabalhado muito."

"Ele chamou trabalhadores para ajudar nas partes mais difíceis", Noriko disse. "Parece que você não acredita em mim, Setsuko. Papai está muito diferente agora. Não precisa mais ter medo dele. Está muito mais manso e domesticado."

"Noriko, por favor…"

"Ele até cozinha de vez em quando. Você não acredita, não é? Mas papai está cozinhando muito melhor agora."

"Noriko, acho que chega dessa conversa", Setsuko disse, baixo.

"Não é mesmo, pai? Você não está melhorando?"

Dei outro sorriso e sacudi a cabeça, cansado. Pelo que me lembro, foi nesse ponto que Noriko virou-se para o jardim, fechou os olhos para o sol e disse:

"Bom, ele não pode esperar que eu volte e cozinhe quando me casar. Terei muito o que fazer para ficar cuidando do papai também."

Quando Noriko disse isso, a irmã mais velha — cujo olhar até agora estivera recatadamente voltado para outro lado — olhou para mim depressa, com ar interrogativo. Seus olhos se afastaram de imediato, porque foi obrigada a retribuir o sorriso de Noriko. Mas uma nova inquietação, mais profunda, tinha penetrado as maneiras de Setsuko e ela pareceu grata quando seu filhinho passou correndo pela varanda e lhe deu a oportunidade de mudar de assunto.

"Ichiro, por favor, sossegue!", ela gritou para ele.

Claro que, acostumado com o apartamento moderno dos pais, Ichiro estava fascinado com os amplos espaços de nossa casa. De qualquer forma, ele não parecia disposto a repartir conosco o prazer de sentar na varanda e preferia correr velozmente por toda sua extensão e escorregar às vezes pelas tábuas polidas. Mais de uma vez quase derrubou nossa bandeja de chá, porém, até agora não tinham surtido efeito os pedidos da mãe para que se sentasse. Também dessa vez, quando Setsuko o chamou para sentar conosco na almofada, ele ficou amuado num canto da varanda.

"Venha, Ichiro", eu chamei, "estou cansado de ficar conversando com mulheres o tempo todo. Venha cá, sente do meu lado e vamos ter uma conversa de homens."

Isso o trouxe imediatamente. Ele pôs sua almofada ao lado da minha, sentou-se na mais nobre das posições, mãos nos quadris, os ombros para trás.

"Oji", ele disse, firme, "quero perguntar uma coisa."

"Claro, Ichiro, o que é?"

"Quero saber do monstro."

"Monstro?"

"É pré-histórico?"

"Pré-histórico? Você já sabe palavras assim? Deve ser um menino inteligente."

A essa altura, a dignidade de Ichiro pareceu ceder. Ele abandonou a pose, rolou de costas e sacudiu as pernas no ar.

"Ichiro!", Setsuko exclamou num sussurro urgente. "Se comportar mal assim na frente do seu avô. Sente direito!"

A única reação de Ichiro foi deixar os pés caírem, moles, sobre as tábuas do piso. Então cruzou os braços no peito e fechou os olhos.

"Oji", disse, com voz sonolenta, "o monstro é pré-histórico?"

"Que monstro é esse, Ichiro?"

"Por favor, desculpe o menino", disse Setsuko, com um sorriso nervoso. "Havia um cartaz de filme na parede de fora da estação de trens quando nós chegamos ontem. Ele importunou o motorista do táxi com muitas perguntas. Pena que eu não tenha visto o cartaz."

"Oji! O monstro é pré-histórico ou não é? Quero saber!"

"Ichiro!" A mãe olhou para ele, horrorizada.

"Não tenho certeza, Ichiro. Acho que temos de ver o filme para descobrir."

"Então quando vamos ver o filme?"

"Hum. Melhor discutir isso com sua mãe. Nunca se sabe, pode ser muito assustador para crianças pequenas."

Não tive a intenção de fazer uma observação provocadora, mas o efeito que teve sobre meu neto foi surpreendente. Ele rolou de volta, sentou-se, e me lançou um olhar furioso: "Como assim? O que você disse?".

"Ichiro!", Setsuko exclamou, desalentada. Mas Ichiro continuou olhando para mim com ar feroz, e sua mãe foi obrigada a se levantar de sua almofada e vir até nós. "Ichiro!", ela sussurrou, e sacudiu o braço dele. "Não encare seu avô desse jeito."

A reação de Ichiro foi se deitar de costas outra vez e sacudir as pernas no ar. Sua mãe me deu outro sorriso nervoso.

"Tão malcriado", ela disse. Então, sem saber mais o que dizer, sorriu outra vez.

"Ichiro-san", disse Noriko, pondo-se de pé, "por que não vem me ajudar a tirar as coisas do café da manhã?"

"Trabalho de mulher", Ichiro disse com os pés ainda balançando.

"Então Ichiro não vem me ajudar? Então vai ser um problema. A mesa é tão pesada que eu não tenho força para tirar sozinha. Quem será que vai me ajudar então?"

Isso fez Ichiro levantar-se abruptamente e entrar correndo sem olhar para nós. Noriko riu e entrou atrás dele.

Setsuko olhou os dois, depois ergueu o bule de chá e completou minha xícara. "Eu não fazia ideia de que as coisas tinham chegado a esse ponto", disse ela, em voz baixa. "Falo das negociações do casamento de Noriko."

"As coisas não estão nada adiantadas", eu disse, e sacudi a cabeça. "Na verdade, não está nada certo. Ainda estamos nos primeiros passos."

"Desculpe, mas pelo que Noriko acabou de falar, achei naturalmente que as coisas estavam mais ou menos…" Ela se interrompeu, depois falou de novo: "Desculpe". Mas disse isso de tal forma que ficou uma pergunta parada no ar.

"Acho que não é a primeira vez que Noriko fala assim", eu disse. "Na verdade, ela tem tido um comportamento estranho desde que começaram as negociações. Semana passada, o sr. Mori veio nos visitar. Você se lembra dele?"

"Claro. Ele está bem?"

"Bastante bem. Estava só passando e parou para cumprimentar. O problema é que Noriko começou a falar das negociações do casamento na frente dele. Teve a mesma atitude de agora, de que estava tudo acertado. Foi muito embaraçoso. O sr. Mori até me deu os parabéns e perguntou em que o noivo trabalhava."

"De fato", disse Satsuko, pensativa. "Deve ter sido embaraçoso."

"Mas o sr. Mori não teve nada com isso. Você ouviu sua irmã agora há pouco. O que um estranho poderia pensar?"

Minha filha não respondeu e ficamos sentados em silêncio por alguns momentos. Dei uma olhada para ela e Setsuko observava o jardim, segurava a xícara com as duas mãos como que esquecida de que estava ali. Foi uma das muitas ocasiões durante sua visita do mês passado em que — talvez por causa da luz que a iluminava ou algo assim — me vi contemplando sua aparência. Porque, não havia a menor dúvida, Setsuko se tornara mais bonita ao ficar mais velha. Quando era mocinha, a mãe dela e eu ficávamos preocupados que ela fosse muito comum para conseguir um bom casamento. Mesmo criança, Setsuko tinha traços bastante masculinos, o que pareceu se pronunciar na adolescência; a tal ponto que, sempre que minhas filhas brigavam, Noriko sempre se dava melhor ao chamar a irmã de "Menino! Menino!". Quem sabe o efeito que essas coisas podem ter na personalidade? Com toda certeza não é nenhuma coincidência que Noriko tenha crescido tão teimosa e Setsuko tão tímida e reservada. Mas, ao que parece, agora que ela está chegando aos trinta, os traços de Setsuko ganham uma nova dignidade, bastante considerável. Me lembro de sua mãe prevendo isso — "Nossa Setsuko vai desabrochar no verão", ela sempre dizia. Eu achava que era apenas o jeito de minha mulher se consolar, mas, diversas vezes durante o mês passado, fiquei impressionado de como ela estava correta.

Setsuko saiu de sua divagação e deu uma olhada para o interior da casa. Então ela disse: "Eu acho que o que aconteceu no ano passado perturbou muito Noriko. Talvez muito mais do que a gente imagina".

Dei um suspiro e assenti. "Talvez eu não tenha dado muita atenção a ela naquele momento."

"Tenho certeza de que fez tudo o que foi possível, pai. Mas é claro que essas coisas são um golpe terrível para uma mulher."

"Eu admito que achei que ela estava representando um pouco, como sua irmã faz às vezes. Ela vinha insistindo que era um 'casamento por amor', de forma que, quando não deu certo, ela se viu obrigada a agir de acordo. Mas talvez não tenha sido tudo apenas representação."

"Nós demos risada na época", disse Setsuko, "mas talvez fosse de fato um casamento por amor."

Ficamos calados de novo. De dentro da casa, ouvíamos a voz de Ichiro repetir algo aos gritos.

"Desculpe", disse Setsuko com outra voz. "Mas nós ficamos sabendo de mais algum motivo para que a proposta não tenha dado certo no ano passado? Foi tão inesperado."

"Não faço ideia. Agora não importa mais, não é?"

"Claro que não, desculpe." Setsuko pareceu considerar algo durante um momento, depois falou de novo: "É só porque Suichi insiste em me perguntar de vez em quando sobre o ano passado, por que os Miyake se afastaram daquele jeito". Deu um pequeno riso, quase para si mesma. "Ele parece acreditar que eu sei de algum segredo e que estamos escondendo dele. Tenho de garantir toda hora que não faço a mínima ideia."

"Garanto que para mim também continua um mistério", eu disse, um tanto frio. "Se eu soubesse, não ia esconder de você e Suichi."

"Claro. Por favor, me desculpe, eu não quis insinuar…" E mais uma vez se calou, sem jeito.

Talvez eu tenha soado um pouco seco com minha filha essa manhã, mas não era a primeira vez que Setsuko me questionava sobre a desistência dos Miyake no ano passado. Não sei por que ela haveria de desconfiar que eu estava escondendo alguma coisa. Se os Miyake tinham algum motivo particular especial para desistir daquele jeito, evidentemente não confidenciariam nada a mim.

Pessoalmente, eu não achava que houvesse nada de muito excepcional naquilo. É verdade, a retirada deles no último momento era totalmente inesperada, mas por que se deveria supor que havia nisso alguma peculiaridade? Minha sensação é de que se tratava simplesmente de uma questão de status familiar. Os Miyake, até onde eu podia ver, eram apenas orgulhosos, honestos, do tipo de família que se sentiria constrangida com a ideia de o filho se casar acima de sua posição. De fato, poucos anos atrás, eles provavelmente teriam desistido logo no início, mas com toda aquela história de o casal dizer que era um "casamento por amor" e com tudo o que dizem hoje em dia sobre os novos comportamentos, os Miyake são o tipo de gente que ficaria confusa quanto ao caminho correto a seguir. Sem dúvida a explicação não era mais complicada que isso.

É possível também que eles tenham ficado confusos com a minha aparente aprovação do arranjo. Porque eu era muito indulgente ao considerar a questão de status, simplesmente nunca tive o instinto de me preocupar com essas coisas. De fato, nunca, em nenhum momento de minha vida, prestei muita atenção à minha posição social, e mesmo agora me surpreendo de novo quando algum evento, ou alguma coisa que alguém diz, me lembra da alta estima de que sou alvo. Por exemplo, ainda outra noite, eu estava no velho bairro do prazer, bebendo no estabelecimento da sra. Kawakami, onde — como tem acontecido cada vez mais hoje em dia — Shintaro e eu éramos os únicos clientes. Estávamos como de costume sentados nos bancos altos ao balcão, trocando ideias com a sra. Kawakami, e com o passar das horas, como ninguém mais entrou, nossa conversa ficou mais íntima. A certa altura, a sra. Kawakami falava de um parente dela, reclamava que o jovem não conseguia encontrar um emprego digno de suas habilidades, quando Shintaro exclamou de repente:

"Mande o rapaz para o sensei aqui, Obasan! Uma boa palavra do sensei no lugar certo e o seu parente logo encontra uma boa colocação."

"Como assim, Shintaro?", protestei. "Estou aposentado agora. Não conheço mais ninguém."

"Uma recomendação de alguém com a reputação do sensei merece respeito de qualquer um", Shintaro insistiu. "Mande o seu rapaz para o sensei, Obasan."

De início, fiquei meio chocado com a convicção das afirmações de Shintaro. Mas então me dei conta de que ele estava se lembrando daquela pequena atitude que tive com seu irmão mais novo, tantos anos atrás.

Deve ter sido em 1935 ou 1936, uma questão muito rotineira pelo que me lembro — uma carta de recomendações a um parente no Departamento de Estado, algo assim. Eu nem sequer teria pensado mais no assunto, mas então uma tarde, quando estava descansando em casa, minha esposa anunciou que havia visitas para mim no portão.

"Por favor, mande entrar", eu falei.

"Mas eles insistem que não querem incomodar entrando aqui."

Fui até o portão e lá estavam Shintaro e seu irmão mais novo — na época, não mais que um rapaz. Assim que me viram, começaram a se curvar e rir.

"Por favor, entrem", falei, mas eles continuaram simplesmente a se curvar e rir. "Shintaro, por favor. Suba no tatame."

"Não, sensei", Shintaro disse, sorrindo e se curvando o tempo todo. "É o cúmulo da impertinência a gente vir assim até sua casa. O cúmulo da impertinência. Mas não podíamos mais ficar em casa sem agradecer ao senhor."

"Entrem. Acho que Setsuko acabou de fazer chá."

"Não, sensei, é o cúmulo da impertinência. É sim." Então, voltando-se para o irmão, Shintaro sussurrou depressa: "Yoshio! Yoshio!".

Pela primeira vez, o rapaz parou de se curvar, ergueu os olhos, nervoso, e disse: "Serei grato ao senhor pelo resto da minha vida. Vou empenhar cada partícula de meu ser para ser digno de sua recomendação. Prometo que não vou decepcionar. Vou trabalhar duro e me esforçar para satisfazer meus superiores. E por mais que seja promovido no futuro, nunca vou me esquecer do homem que permitiu que eu começasse na carreira".

"Realmente não foi nada. Nada além do que você merece."

Isso despertou protestos frenéticos dos dois, até que Shintaro disse ao irmão: "Yoshio, já incomodamos bastante o sensei. Mas, antes de ir embora, dê mais uma boa olhada no homem que ajudou você. É um grande privilégio para nós ter um benfeitor de tamanha influência e generosidade".

"De fato", o rapaz balbuciou e olhou para mim.

"Por favor, Shintaro, isto é embaraçoso. Por favor, entrem e vamos comemorar tomando saquê."

"Não, sensei, temos de ir embora agora. Foi o cúmulo da impertinência a gente vir aqui incomodar a sua tarde. Mas não podíamos adiar nem por um momento mais nosso agradecimento."

Devo admitir que essa visita me deu um certo sentimento de realização. Foi um daqueles momentos que, em meio a uma carreira atribulada, com poucas oportunidades de parar para uma avaliação, de repente esclarece até onde a pessoa avançou.

Porque, sinceramente, eu havia lançado um jovem numa boa carreira, quase sem pensar. Poucos anos antes, tal coisa seria inconcebível e ainda assim eu havia chegado a essa posição quase sem me dar conta.

"Muita coisa mudou desde os velhos tempos, Shintaro", observei naquela noite no estabelecimento da sra. Kawakami. "Estou aposentado agora, não tenho mais tantos contatos."

Mas afinal Shintaro talvez não estivesse tão errado em suas suposições. Pode ser que, se eu resolver experimentar, ainda possa me surpreender com a dimensão de minha influência. Como eu disse, nunca fui muito consciente de minha própria posição.

De qualquer forma, mesmo que Shintaro às vezes pareça ingênuo sobre certas coisas, isso não é algo a se desprezar, uma vez que não é pouca coisa encontrar hoje alguém tão imune ao cinismo e à amargura de nossos dias. É um bocado tranquilizador ir ao bar da sra. Kawakami e encontrar Shintaro lá, sentado ao balcão, como em todas as noites dos últimos dezessete anos talvez, distraído a girar e girar o boné sobre o balcão daquele jeito dele. É como se realmente nada tivesse mudado em Shintaro. Ele me cumprimenta muito polidamente, como se ainda fosse meu aluno, e durante toda a noite, por mais bêbado que fique, continua a se dirigir a mim como "sensei", mantendo as maneiras mais respeitosas comigo. Às vezes, ele até faz perguntas sobre técnica ou estilo com todo o empenho de um jovem aprendiz — embora a verdade seja que Shintaro, claro, há muito deixou de se interessar por qualquer arte de verdade. Já faz alguns anos que ele dedica seu tempo à ilustração de livros, e sua especialidade atual, pelo que sei, é carros de bombeiros. Ele trabalha dia após dia naquele seu quarto no sótão, desenhando carros e mais carros de bombeiros. Mas acredito que à noite, depois de alguns drinques, Shintaro goste de acreditar que ainda é o jovem pintor idealista que primeiro tomei sob minha supervisão.

Esse aspecto infantil de Shintaro sempre foi fonte de diversão para a sra. Kawakami, que tem o seu lado perverso. Uma noite, recentemente, por exemplo, durante uma tempestade, Shintaro entrou correndo no barzinho e começou a torcer o boné em cima do capacho de entrada.

"Faça-me o favor, Shintaro-san!", a sra. Kawakami gritou para ele. "Que modos horríveis!"

Diante disso, Shintaro olhou para ela com grande aflição, como se de fato tivesse cometido um crime abominável. E então começou a se desculpar profusamente, levando a sra. Kawakami a continuar.

"Nunca vi alguém se portar assim, Shintaro-san. Parece que o senhor não tem nenhum respeito por mim."

"Agora pare com isso, Obasan", apelei a ela depois de um momento. "Já basta, diga para ele que está brincando."

"Brincando? Não estou brincando nada. Esse é o peso do mau comportamento."

E continuou assim, até Shintaro ficar com uma aparência lamentável. Entretanto, em outras ocasiões, Shintaro acredita que estão brincando com ele, quando de fato lhe estão falando muito a sério. Uma vez, ele pôs a sra. Kawakami em dificuldades ao comentar alegremente a respeito de um general que tinha acabado de ser executado como criminoso de guerra: "Sempre admirei esse homem, desde menino. Imagino o que está fazendo agora. Aposentado, sem dúvida".

Havia clientes novos essa noite que olharam para ele com desaprovação. Quando a sra. Kawakami, preocupada com seu negócio, foi até ele e contou baixinho o destino do general, Shintaro caiu na gargalhada.

"Sinceramente, Obasan", ele disse, alto. "Algumas piadas suas são bem exageradas."

A ignorância de Shintaro em assuntos como esse era, muitas vezes, algo notável, mas, como eu digo, não era nada desprezível. Devemos agradecer por ainda existir gente não contaminada pelo cinismo atual. De fato, talvez seja exatamente essa qualidade de Shintaro — essa sensação de que ele continua imune às coisas — que tenha me levado a apreciar cada vez mais a sua companhia nos últimos anos.

Quanto à sra. Kawakami, embora faça o possível para não deixar que o clima atual a afete, não há como negar que ela envelheceu muito durante os anos de guerra. Antes da guerra, podia passar por "moça", mas desde então alguma coisa dentro dela parece ter se quebrado e cedido. E quando lembramos aqueles que ela perdeu na guerra, não é de admirar. Os negócios também ficaram cada vez mais difíceis para a sra. Kawakami; certamente, é difícil para ela acreditar que aquele é o mesmo bairro em que abriu seu pequeno estabelecimento há dezesseis ou dezessete anos. Porque na realidade nada resta de nosso antigo bairro do prazer agora; quase todos os seus velhos concorrentes fecharam as portas e foram embora, e mais de uma vez a sra. Kawakami deve ter considerado fazer a mesma coisa.

Mas quando ela abriu seu estabelecimento, espremido entre outros bares e restaurantes, lembro que algumas pessoas duvidaram que fosse durar. De fato, mal se podia andar por aquelas ruazinhas sem esbarrar nas numerosas faixas que insistiam com você de todos os lados, penduradas nas fachadas dos estabelecimentos, cada uma anunciando as atrações da casa em letras espalhafatosas. Mas naqueles dias havia clientes suficientes no bairro para manter a prosperidade de qualquer número de estabelecimentos. Sobretudo nas noites mais quentes, a região ficava cheia de gente que passeava sem pressa de bar em bar, ou simplesmente parava para conversar no meio da rua. Os carros havia muito tinham desistido de se aventurar ali, e mesmo uma bicicleta só podia mesmo ser empurrada através da multidão de pedestres despreocupados.

Chamo de "nosso bairro do prazer", mas creio que na verdade não era nada mais que um lugar para se beber, comer e conversar. Era preciso ir ao centro da cidade para os verdadeiros bairros de prazer — com casas de gueixas e teatros. Mas eu mesmo sempre preferi o nosso próprio bairro. Atraía uma multidão animada mas respeitável, muitos deles gente como nós — artistas e escritores, seduzidos pela ruidosa conversa que se estendia noite adentro. O estabelecimento que meu grupo frequentava chamava-se Migi-Hidari, e ficava no ponto em que três ruazinhas se encontravam e formavam uma área pavimentada. O Migi-Hidari, ao contrário de todos os seus vizinhos, era um lugar grande, espaçoso, com um piso superior e uma porção de recepcionistas tanto com roupas ocidentais como tradicionais. Eu desempenhara um pequeno papel no fato de o Migi-Hidari ter vindo a superar seus concorrentes e, como recompensa, nosso grupo ganhara uma mesa exclusiva num canto. Os que bebiam comigo ali eram, de fato, a elite de minha escola: Kuroda, Murasaki, Tanaka — jovens brilhantes, e já com fama ascendente. Todos adoravam conversar e me lembro das muitas discussões apaixonadas que tinham lugar àquela mesa.

Devo dizer que Shintaro nunca foi membro desse grupo seleto. Eu mesmo não me oporia que ele se juntasse a nós, mas havia um forte senso de hierarquia entre meus alunos e Shintaro sem dúvida não era visto como alguém da primeira linha. De fato, me lembro de uma noite, logo depois que Shintaro e seu irmão me visitaram em casa, em que contei o episódio em nossa mesa. Me lembro de alguém, talvez Kuroda, rindo do quanto os irmãos tinham ficado agradecidos com "uma mera indicação de costas quentes"; mas depois todos ouviram quando expliquei solenemente o que eu pensava sobre como influência e status podem se infiltrar em alguém que trabalha muito, que não persegue esses fins em si, mas os alcança pela satisfação de realizar suas tarefas com toda sua capacidade. Nessa altura, um deles — sem dúvida foi Kuroda — inclinou-se e disse:

"Há algum tempo já desconfio que o sensei não tem consciência da alta estima de que goza entre o povo desta cidade. De fato, como o exemplo relatado ilustra muito bem, sua reputação agora se espalhou além do mundo das artes plásticas para todos os campos da vida. Mas, como é típico da natureza modesta do sensei, ele não tem consciência disso. Como é típico que ele próprio se surpreenda com a estima dirigida a ele. Mas para todos nós não é surpresa nenhuma. De fato, pode-se dizer que, imensamente respeitado como é pelo público em geral, somos só nós aqui nesta mesa que sabemos até que ponto esse respeito ainda é insuficiente. Mas pessoalmente não tenho dúvidas. A reputação dele ainda ficará muito maior e nos anos vindouros será nossa maior honra contar a outros que fomos um dia alunos de Masuji Ono."

Naquele momento não havia nada de excepcional em tudo isso; tinha se tornado uma espécie de hábito que, a certa altura da noite, quando tínhamos todos bebido um pouco, meus protegidos passassem a fazer discursos de natureza leal a mim. E Kuroda em particular, tido como uma espécie de porta-voz deles, proferia uma boa parte deles. Claro que eu geralmente os ignorava, mas naquela ocasião específica, em que Shintaro e seu irmão tinham ficado a se curvar sorrindo em meu portão, experimentei um brilho cálido de satisfação.

Porém não seria exato eu sugerir que só tinha vida social com meus melhores alunos. Na verdade, acredito que a primeira vez que entrei no bar da sra. Kawakami foi porque queria conversar alguma coisa com Shintaro. Hoje, quando tento recordar essa noite, vejo essa minha lembrança se fundindo com os sons e imagens de todas as outras noites como aquela; as lanternas penduradas sobre as portas de entrada, a risada das pessoas reunidas do lado de fora do Migi-Hidari, o cheiro de fritura, a garçonete convencendo alguém a voltar para a esposa — e ecoando em todas as direções o som de numerosas sandálias de madeira no concreto. Lembro que era uma noite quente de verão, e como não encontrei Shintaro em suas tocas de sempre, circulei por aqueles pequenos bares durante algum tempo. Apesar de toda a concorrência que havia entre aqueles estabelecimentos, reinava um espírito de boa vizinhança, e foi bastante natural que, ao perguntar por Shintaro em um desses bares, eu tenha sido aconselhado pela recepcionista, sem nenhum traço de ressentimento, que tentasse encontrá-lo no "lugar novo".

Sem dúvida, a sra. Kawakami podia enumerar muitas mudanças — seus pequenos "melhoramentos" — que realizara ao longo dos anos. Mas a minha impressão era de que o pequeno local parecia hoje exatamente o mesmo que naquela noite. Ao entrar, a tendência que se tem é se chocar com o contraste entre o balcão, iluminado por luzes quentes, penduradas baixo, e o resto da sala, que está na sombra. A maior parte de seus clientes prefere sentar ao balcão, dentro daquela poça de luz, e isso dá ao local uma sensação acolhedora, íntima. Lembro-me de olhar em torno com aprovação aquela primeira noite, e hoje, apesar de todas as mudanças que transformaram o mundo em torno dele, o bar da sra. Kawakami continua tão agradável como sempre.

Pouca coisa mais continuou inalterada, porém. Agora, ao sair da sra. Kawakami, você pode parar na porta e achar que esteve bebendo em algum posto avançado da civilização. Em todo o entorno, não há nada além de um deserto de entulho demolido. Só os fundos de diversos prédios ao longe o lembrarão de que você não está distante do centro da cidade. "Danos de guerra", diz a sra. Kawakami. Mas eu me lembro de caminhar pelo bairro logo depois da rendição e muitos daqueles prédios ainda estavam de pé. O Migi-Hidari ainda estava lá, todas as janelas quebradas, parte do telhado caída. E me lembro de pensar comigo, ao

30

passar diante daqueles edifícios abalados, se algum dia eles voltariam à vida. Então cheguei uma manhã e as retroescavadeiras tinham posto tudo abaixo.

Desde então aquele lado da rua não é nada além de entulho. Sem dúvida as autoridades têm seus planos, mas já está assim há três anos. A chuva se acumula em pequenas poças e fica estagnada entre os tijolos quebrados. Consequentemente, a sra. Kawakami foi obrigada a instalar mosquiteiros em suas janelas — e não é um efeito que a faça pensar que ela vá atrair clientes.

As construções do lado da sra. Kawakami continuaram de pé, mas muitas estão desocupadas; as propriedades vizinhas da dela, por exemplo, estão vagas faz algum tempo, situação que a deixa incomodada. Se ficasse rica de repente, ela sempre nos diz, compraria essas propriedades e ampliaria seu bar. Nesse meio-tempo, ela espera que alguém se mude para ali; não se importaria que se transformassem em bares iguais ao dela, qualquer coisa, contanto que não tenha mais de viver no meio de um cemitério.

Quando se chega à sra. Kawakami ao escurecer, pode-se se sentir compelido a parar um momento e olhar o vasto espaço destruído à sua frente. Pode-se ainda distinguir na penumbra aqueles montes de tijolos e madeira quebrados e, talvez, aqui e ali, pedaços de cano espetados no chão como ervas daninhas. Se seguir além de mais alguns montes de entulho, muitas poças cintilarão por um momento ao refletir a luz da lâmpada.

E se, ao chegar ao pé do morro que leva até a minha casa, alguém parar na Ponte da Hesitação e olhar para trás, para os restos de nosso bairro do prazer, se o sol ainda não tiver se posto totalmente, é possível ver a fila de velhos postes de telégrafo — ainda sem cabos ligando um ao outro — que desaparece no escuro do caminho que se acabou de percorrer. E será possível ver as escuras pencas de aves empoleiradas incomodamente no alto dos postes, como que à espera dos cabos em que um dia se enfileiravam contra o céu.

Uma noite, não faz muito tempo, eu estava parado nessa pequena ponte de madeira e vi à distância duas colunas de fumaça que subiam das ruínas. Talvez fossem operários do governo dando continuidade a algum lento programa interminável; ou talvez crianças envolvidas em alguma brincadeira delinquente. Mas a visão dessas colunas contra o céu me pôs num clima melancólico. Elas eram como piras de algum funeral abandonado. Um cemitério, diz a sra. Kawakami, e quando nos lembramos de toda a gente que um dia frequentou a área, é impossível não pensar assim.

Mas estou divagando. Eu tentava lembrar aqui os detalhes da estada de Setsuko conosco no mês passado.

Como posso ter dito, Setsuko passou boa parte do primeiro dia de sua visita sentada na varanda, conversando com a irmã. A certa altura, mais para o fim da tarde, quando minhas filhas estavam particularmente mergulhadas em conversas de mulher, me lembro de tê-las deixado para ir em busca de meu neto, que, minutos antes, tinha saído correndo da casa.

Foi quando eu estava passando pelo corredor que um pesado baque fez toda a casa tremer. Alarmado, corri para a sala de jantar. Àquela hora do dia, nossa sala estava quase toda na sombra, e, depois da claridade da varanda, meus olhos levaram um instante para se certificarem de que Ichiro não estava na sala. Veio então outro baque, seguido de vários mais, junto com a voz de meu neto, que gritava: "Yah! Yah!". O ruído vinha da sala do piano, vizinha. Saí para o corredor, ouvi um momento, depois deslizei silenciosamente a porta divisória.

Ao contrário da sala de jantar, a sala do piano recebe a luz do sol durante todo o dia. Ela se enche de luz clara e nítida, e se fosse um pouco maior teria sido o lugar ideal para nossas refeições. Houve um tempo em que a usei para guardar pinturas e materiais, mas hoje, além do piano de armário alemão, a sala é praticamente nua. Sem dúvida, essa ausência de obstáculos havia inspirado meu neto da mesma forma que a varanda antes; pois o encontrei avançando sobre o piso com um curioso movimento de saltos, que tomei pela imitação de alguém a galopar em terreno aberto. Como ele estava de costas para a porta, levou alguns momentos para se dar conta de que era observado.

"Oji!", ele disse e se virou, zangado. "Não viu que estou ocupado?"

"Desculpe, Ichiro. Não percebi."

"Não posso brincar com você agora!"

"Sinto muito. Mas parecia tão animado aqui de fora que eu pensei que podia entrar e assistir."

Por um momento, meu neto continuou olhando atravessado para mim. Depois disse, amuado: "Tudo bem. Mas tem de sentar e ficar quieto. Estou ocupado".

"Muito bem", eu disse, com uma risada. "Muito obrigado, Ichiro."

Meu neto continuou olhando feio para mim enquanto eu atravessava a sala e me sentava junto à janela. Quando Ichiro chegara com a mãe na tarde anterior, eu havia lhe dado de presente um caderno de desenho e um conjunto de crayons coloridos. Notei agora que o caderno estava no tatame ali perto, três ou quatro crayons espalhados em torno. Vi que as primeiras folhas estavam desenhadas, e estava a ponto de estender a mão para investigar quando Ichiro de repente recomeçou a encenação que eu tinha interrompido.

"Yah! Yah!"

Fiquei assistindo um tempo, mas não consegui entender

muito das cenas que representava. De vez em quando, ele repetia os movimentos de cavalo; outras vezes, parecia estar em combate com vários inimigos invisíveis. O tempo todo, murmurava baixinho um diálogo. Tentei de todo jeito entender, mas pelo que percebi ele não usava palavras de verdade, simplesmente fazia sons com a língua.

Claro que, embora fizesse o possível para me ignorar, minha presença acabou por inibi-lo. Várias vezes ele se imobilizou no meio do movimento, como se a inspiração o tivesse abandonado de repente, antes de se lançar em ação outra vez. Não demorou muito ele desistiu e se jogou no chão. Perguntei-me se deveria aplaudir, mas achei melhor não.

"Muito impressionante, Ichiro. Mas diga, quem você estava fingindo que era?"

"Adivinhe, Oji."

"Hum. O general samurai Yoshitsune talvez? Então, um guerreiro samurai? Hum. Ou um ninja talvez? O Ninja do Vento?"

"Oji está completamente errado."

"Então me diga. Quem você era?"

"O Zorro."

"O quê?"

"Zorro! Haiô Silver!"

"Zorro? É um caubói?"

"Haiô Silver!" Ichiro começou a galopar outra vez e dessa vez com relinchos.

Assisti meu neto um momento. "Como você aprendeu a fazer um caubói, Ichiro?", perguntei finalmente, mas ele apenas continuou a galopar e relinchar.

"Ichiro", falei, mais firme, "pare um pouco e escute. É mais interessante, muito mais interessante, fingir que é alguém como o samurai Yoshitsune. Quer que eu conte por quê? Escute, Ichiro, Oji vai explicar para você. Ichiro, escute seu Oji-san. Ichiro!"

34

Talvez eu tenha elevado a voz mais do que pretendia, porque ele parou e olhou para mim com ar surpreso. Continuei a olhar para ele um momento, depois dei um suspiro.

"Desculpe, Ichiro, eu não devia ter interrompido. Claro que você pode ser quem você quiser. Até um caubói. Desculpe o seu Oji-san. Ele esqueceu disso por um momento."

Meu neto continuou a me encarar e me ocorreu que estava a ponto de começar a chorar ou sair correndo da sala.

"Por favor, Ichiro, apenas continue o que estava fazendo."

Durante mais algum tempo, Ichiro continuou olhando para mim. Então gritou de repente: "Zorro! Haiô, Silver!", e começou a galopar outra vez. Batia os pés com mais violência do que nunca, fazia a sala toda tremer à nossa volta. Continuei assistindo um pouco, então estendi o braço e peguei seu caderno de desenho.

Ichiro havia desperdiçado um pouco as primeiras quatro ou cinco páginas. Sua técnica não era nada má, mas os desenhos — de bondes e trens — tinham sido abandonados logo no começo. Ichiro viu que eu estava examinando seu caderno e veio correndo.

"Oji! Quem disse que você podia olhar?" Tentou arrancar o caderno de minha mão, mas o mantive fora de seu alcance.

"Ora, Ichiro, não seja malcriado. Oji quer ver o que você fez com os crayons que eu dei. É justo." Baixei o caderno e abri no primeiro desenho. "Muito impressionante, Ichiro. Hum. Mas sabe, você podia ser ainda melhor se quisesse."

"Oji não pode olhar isso aí!"

Meu neto tentou outra vez pegar o caderno e fui obrigado a me proteger de suas mãos com o braço.

"Oji! Devolva meu caderno!"

"Ora, Ichiro, pare com isso. Deixe seu Oji ver. Olhe, Ichiro, pegue aqueles crayons ali. Traga para mim e vamos desenhar juntos alguma coisa. Oji vai te mostrar."

Essas palavras tiveram um efeito surpreendente. Meu neto parou imediatamente de brigar, foi buscar os crayons espalhados pelo chão. Quando voltou, algo novo — uma espécie de fascinação — tinha se introduzido em suas maneiras. Ele se sentou a meu lado, estendeu os crayons, olhou atento, mas não disse nada.

Abri o caderno numa página nova e o coloquei no chão diante dele. "Vamos primeiro ver você fazer alguma coisa, Ichiro. Depois, Oji vai ver se consegue ajudar a melhorar. O que você quer desenhar?"

Meu neto ficou muito quieto. Olhou a folha em branco, pensativo, mas não fez nenhum movimento para começar a desenhar.

"Por que não tenta desenhar alguma coisa que viu ontem?", sugeri. "Alguma coisa que viu assim que chegou à cidade."

Ichiro continuou olhando o caderno de desenho. Então, olhou para mim e perguntou: "Algum dia Oji foi um pintor famoso?".

"Um pintor famoso?", dei uma risada. "Acho que se pode dizer que sim. É isso que sua mãe diz?"

"Meu pai diz que você era um pintor famoso. Mas teve de parar."

"Eu me aposentei, Ichiro. Todo mundo se aposenta quando chega numa certa idade. É o certo, as pessoas merecem descansar."

"Meu pai disse que você teve de parar. Porque o Japão perdeu a guerra."

Dei outra risada, e peguei o caderno de desenho. Virei as folhas, olhei os desenhos de bondes de meu neto e afastei um à distância do braço para ver melhor. "Quando se chega a uma certa idade, Ichiro, a gente quer descansar das coisas. Seu pai também vai parar de trabalhar quando tiver a minha idade. E um dia, você vai ter a minha idade e vai querer descansar também.

Agora" — voltei à página em branco e pus o caderno na frente dele outra vez — "o que você vai desenhar para mim, Ichiro?"

"Foi Oji quem fez o quadro da sala de jantar?"

"Não, aquele é de um artista chamado Urayama. Por quê? Você gosta dele?"

"Oji pintou aquele do corredor?"

"Aquele é de outro bom artista, um velho amigo de Oji."

"Então onde estão os quadros de Oji?"

"Eles estão guardados no momento. Agora, Ichiro, vamos voltar para as coisas importantes. O que você vai desenhar para mim? O que você lembra de ontem? Qual é o problema, Ichiro? De repente tão quieto."

"Eu quero ver os quadros de Oji."

"Tenho certeza que um menino inteligente como você se lembra de todo tipo de coisa. Que tal o cartaz do filme que você viu? Aquele com o monstro pré-histórico. Tenho certeza que alguém como você consegue muito bem fazer igual. Talvez até melhor que o cartaz de verdade."

Ichiro pareceu ponderar sobre isso um momento. Então rolou de barriga para baixo e com o rosto colado ao papel começou a desenhar.

Com um crayon marrom-escuro, desenhou na parte inferior da folha uma fileira de caixas — que logo iriam se transformar num horizonte de prédios da cidade. E então emergiu, pairando sobre a cidade, uma imensa criatura parecida com um lagarto, em pé sobre as patas traseiras. Nessa altura, meu neto trocou o crayon marrom por um vermelho e começou a fazer riscos fortes em volta do lagarto.

"O que é isso, Ichiro? Fogo?"

Ichiro continuou com seus riscos vermelhos, sem responder.

"Por que tem fogo, Ichiro? Tem a ver com a aparição do monstro?"

"Fios elétricos", ele disse com um suspiro impaciente.

"Fios elétricos? Ora, que interessante. Por que será que fios elétricos provocam fogo? Você sabe?"

Ichiro deu outro suspiro e continuou a desenhar. Pegou o crayon escuro outra vez e começou a desenhar no pé da página pessoas apavoradas fugindo em todas as direções.

"Está indo muito bem, Ichiro", observei. "Talvez como recompensa Oji possa levar você ao cinema amanhã. Você gostaria?"

Meu neto fez uma pausa e olhou para mim. "Pode ser assustador demais para o Oji", disse.

"Duvido", falei, com uma risada. "Mas pode muito bem assustar sua mãe e sua tia."

Diante disso, Ichiro começou a rir alto. Rolou de costas e riu mais um pouco. "Mamãe e a tia Noriko vão ficar com muito medo!", ele gritou para o teto.

"Mas nós, homens, vamos gostar, não vamos, Ichiro? Vamos amanhã. Que tal? Levamos as mulheres conosco e ficamos olhando elas ficarem com medo."

Ichiro continuou rindo alto. "A tia Noriko vai ficar apavorada na hora!"

"Provavelmente", disse eu, e ri de novo. "Muito bem, vamos todos amanhã. Agora, Ichiro, melhor você continuar com seu desenho."

"A tia Noriko vai ficar apavorada! Vai querer ir embora!"

"Então, Ichiro, vamos continuar. Você está indo muito bem."

Ichiro rolou de volta e retomou o desenho. A concentração anterior, porém, parecia tê-lo abandonado; ele começou a acrescentar mais e mais figuras na base do desenho até que as formas se misturaram e ficaram sem sentido. Ele acabou perdendo todo interesse e começou a rabiscar loucamente em toda a parte inferior da folha.

"O que está fazendo, Ichiro? Nós não vamos ao cinema se fizer assim. Ichiro, pare com isso!"

Meu neto se pôs de pé e gritou: "Haiô Silver!".

"Ichiro, sente-se. Não terminou ainda."

"Cadê a tia Noriko?"

"Está conversando com sua mãe. Então, Ichiro, você não terminou seu desenho ainda. Ichiro!"

Mas meu neto saiu correndo da sala, a gritar: "Zorro! Haiô, Silver!".

Não me lembro exatamente o que eu fiz durante muitos minutos em seguida. É possível que tenha continuado sentado ali na sala do piano, que tenha ficado olhando os desenhos de Ichiro, pensando em nada em particular, como tem sido minha tendência hoje em dia. Mas por fim me levantei e fui procurar minha família.

Encontrei Setsuko sentada sozinha na varanda, olhando o jardim. O sol ainda brilhava, mas o dia ficara muito mais fresco, e quando apareci Setsuko se voltou e empurrou uma almofada num pedaço ensolarado para mim.

"Fizemos chá", ela disse. "Quer um pouco, pai?"

Agradeci e ela serviu para mim, enquanto eu olhava o jardim.

Apesar de tudo o que sofreu durante a guerra, nosso jardim se recuperou bem e ainda dá para reconhecer nele o jardim que Akira Sugimura plantou uns quarenta anos atrás. Numa extremidade, perto da parede dos fundos, vi Noriko e Ichiro examinando um arbusto de bambu. Aquele arbusto, como quase todos os outros arbustos e árvores do jardim, tinha sido transplantado já crescido por Sugimura de algum outro lugar da cidade. De fato, dizem que Sugimura percorreu pessoalmente a cidade, olhando por cima das cercas dos jardins, e oferecia grandes somas de dinheiro ao proprietário de qualquer arbusto ou árvore que quisesse arrancar para ele mesmo. Se for verdade, ele fez sua escolha com admirável perícia; o resultado era — e continua hoje — de uma esplêndida harmonia. O jardim dá uma sensação de acaso natural, com quase nenhum toque de desenho artificial.

"Noriko sempre foi ótima com crianças", Setsuko observou, de olho neles. "Ichiro gosta muito dela."

"Ichiro é um menino ótimo", disse eu. "Nem um pouco tímido como muitas crianças dessa idade."

"Espero que ele não tenha incomodado o senhor agora há pouco. Ele pode ser muito teimoso às vezes. Por favor, não hesite em ralhar com ele quando ficar inconveniente."

"Nem um pouco. Estamos nos dando bem. Na verdade, praticamos um pouco de desenho juntos."

"É mesmo? Tenho certeza de que ele gostou."

"Ele também estava representando algum roteiro para mim", disse eu. "Ele faz muito bem a mímica das ações."

"Ah, sei. Ele passa longos períodos ocupado com isso."

"Ele inventa as palavras? Tentei ouvir, mas não consegui distinguir o que ele dizia."

Minha filha ergueu a mão para cobrir o riso. "Ele devia estar fazendo caubóis. Quando ele faz caubóis, tenta falar inglês."

"Inglês? Incrível. Então era isso."

"Uma vez, levamos Ichiro ao cinema ver um filme de caubóis americanos. Desde então, ele gosta muito de caubóis. Tivemos até de comprar um chapelão para ele. Está convencido de que caubóis falam com aquele som engraçado que ele faz. Deve ter sido muito estranho."

"Então era isso", falei, com uma risada. "Meu neto virou um caubói."

No jardim, uma brisa fez ondular a folhagem. Noriko estava agachada junto à velha lanterna de pedra perto da parede dos fundos e apontava algo para Ichiro.

"E pensar", disse eu, com um suspiro, "que há poucos anos Ichiro não poderia assistir algo como um filme de caubóis."

Sem desviar os olhos do jardim, Setsuko disse: "Suichi acha que é melhor ele gostar de caubóis do que idolatrar gente como

Miyamoto Musashi. Suichi acha que os heróis americanos são os melhores modelos para as crianças agora."

"É mesmo? Então é isso que Suichi acha."

Ichiro não pareceu impressionado com a lanterna de pedra, porque o vimos puxar violentamente o braço da tia. A meu lado, Setsuko riu, envergonhada.

"Ele é tão arrogante. Puxa as pessoas de um lado para outro. Tão malcriado."

"Por falar nisso", disse eu, "Ichiro e eu resolvemos que vamos ao cinema amanhã."

"É mesmo?"

Imediatamente percebi uma incerteza nos modos de Setsuko.

"É, sim", respondi, "ele parece muito interessado nesse monstro pré-histórico. Não se preocupe, eu procurei no jornal. O filme é totalmente adequado para um menino da idade dele."

"É, com certeza."

"Na verdade, acho que devíamos ir todos. Um passeio de família, por assim dizer."

Setsuko pigarreou, nervosa. "Seria muito agradável. Só que talvez Noriko também tenha planos para amanhã."

"Ah? Que planos?"

"Acho que ela quer que vamos todos ao parque das corças. Mas claro que podemos fazer isso outra hora."

"Não sabia que Noriko tinha planejado outra coisa. Ela certamente não me falou nada a respeito. Além disso, já disse a Ichiro que vamos ao cinema amanhã. Ele deve estar esperando por isso agora."

"É verdade", disse Setsuko. "Tenho certeza de que ele quer ir ao cinema."

Noriko vinha até nós pelo caminho do jardim, Ichiro puxando sua mão. Sem dúvida, eu devia ter falado com ela imediatamente sobre a questão do dia seguinte, mas ela e Ichiro não ficaram na varanda, entraram para lavar as mãos. De todo modo, não consegui tocar no assunto senão depois do jantar daquela noite.

Embora durante o dia a sala de jantar seja um lugar um tanto melancólico, porque raramente pega sol, depois que escurece, com a luminária baixa sobre a mesa, tem uma atmosfera aconchegante. Estávamos sentados em torno da mesa há vários minutos, lendo jornais e revistas, quando eu disse a meu neto:

"Bom, Ichiro, contou a sua tia sobre amanhã?"

Ichiro ergueu os olhos do livro com um ar intrigado.

"Vamos levar as mulheres conosco ou não?", perguntei. "Não esqueça o que dissemos. Elas podem achar muito assustador."

Dessa vez meu neto entendeu e sorriu. "Pode ser muito assustador para a tia Noriko", ele disse. "Quer ir, tia Noriko?"

"Ir aonde, Ichiro-san?", Noriko perguntou.

"No filme de monstro."

"Achei que devíamos ir todos ao cinema amanhã", expliquei. "Um passeio de família, por assim dizer."

"Amanhã?" Noriko olhou para mim e depois para meu neto. "Bom, não podemos ir amanhã, podemos, Ichiro? Nós vamos ao parque das corças, lembra?"

"O parque das corças pode esperar", eu disse. "O menino está querendo ver o filme agora."

"Bobagem", disse Noriko. "Já está tudo combinado. Vamos visitar a sra. Watanabe no caminho de volta. Ela quer conhecer o Ichiro. E nós resolvemos ir faz muito tempo. Não foi, Ichiro?"

"É muita gentileza do papai", Setsuko interveio. "Mas acho que a sra. Watanabe está nos esperando. Talvez o cinema possa ficar para o dia seguinte."

"Mas o Ichiro estava esperando por isso", protestei. "Não é mesmo, Ichiro? Como essas mulheres são chatas."

Ichiro não olhou para mim, aparentemente absorto em seu livro.

"Diga para essas mulheres, Ichiro", falei.

Meu neto continuou olhando o livro.

"Ichiro."

De repente, ele largou o livro na mesa, se levantou e saiu correndo da sala, para a sala do piano.

Dei uma risadinha. "Está vendo", falei para Noriko. "Agora você decepcionou o menino. Devia deixar as coisas como estão."

"Não seja ridículo, pai. Combinamos com a sra. Watanabe faz muito tempo. Além disso, é ridículo levar Ichiro para ver um filme desses. Ele não vai gostar de um filme desses, vai, Setsuko?"

Minha filha mais velha deu um sorriso constrangido. "É muita gentileza do papai", disse, baixinho. "Quem sabe depois de amanhã…"

Dei um suspiro, sacudi a cabeça e voltei ao meu jornal. Mas quando, depois de alguns minutos, ficou claro que nenhuma de minhas filhas ia trazer Ichiro de volta, eu me levantei e fui à sala do piano.

Como Ichiro não alcançava o cordão do lustre, tinha acendido o abajur em cima do piano. Eu o encontrei sentado no banquinho do piano, com o rosto apoiado na tampa do teclado. Seus traços, apertados contra a madeira escura, tinham uma expressão de decepção.

"Eu sinto muito, Ichiro", falei. "Mas não fique decepcionado. Vamos depois de amanhã."

Ichiro não reagiu, então falei: "Ora, Ichiro, não é razão para ficar decepcionado".

Fui até a janela. Tinha ficado bem escuro lá fora e tudo o que vi foi meu reflexo e a sala atrás de mim. Da outra sala, eu pude ouvir as mulheres conversando em voz baixa.

"Ânimo, Ichiro", eu disse. "Não precisa ficar chateado por isso. Vamos depois de amanhã, prometo."

Quando me virei para Ichiro de novo, ele estava com a cabeça apoiada na tampa do piano novamente; mas agora passeava com os dedos sobre a tampa, como se tocasse as teclas.

Dei uma leve risada. "Bom, Ichiro, simplesmente vamos depois de amanhã. Não podemos deixar as mulheres mandarem em nós, podemos?" Dei outra risada. "Acho que elas pensaram que ia dar muito medo. Hein, Ichiro?"

Meu neto continuou sem responder nada, embora mantivesse os movimentos dos dedos na tampa do piano. Resolvi que o melhor era deixá-lo sozinho por alguns momentos, dei outra risada e saí da sala do piano.

Encontrei minhas filhas sentadas em silêncio, lendo suas revistas. Quando me sentei, dei um pesado suspiro, mas nenhuma delas reagiu. Tinha recolocado os óculos de leitura e ia começar a ler o jornal quando Noriko disse, em voz baixa: "Pai, vamos fazer um chá?".

"É bondade sua, Noriko. Mas não para mim agora."

"E você, Setsuko?"

"Obrigada, Noriko. Mas acho que não também."

Continuamos a ler em silêncio por mais alguns momentos. Então Setsuko falou: "Papai vem conosco amanhã? Ainda podemos fazer nosso passeio familiar".

"Eu gostaria. Mas acho que tenho de cuidar de algumas coisas amanhã."

"Como assim?", Noriko interveio. "Que coisas?" Voltou-se para Setsuko e disse: "Não dê ouvidos ao papai. Ele não tem nada para fazer esses dias. Vai só ficar se lastimando pela casa como sempre faz agora".

"Seria ótimo se papai acompanhasse a gente", Setsuko disse para mim.

"É uma pena", respondi, voltando a meu jornal. "Mas tenho de cuidar de umas coisas."

"Então vai ficar em casa sozinho?", Noriko perguntou.

"Se vocês vão todos sair, parece que vou ter de ficar."

Setsuko tossiu polidamente. Depois disse: "Talvez então eu deva ficar em casa também. Papai e eu tivemos pouca chance de falar sobre as novidades".

Do outro lado da mesa, Noriko olhou para a irmã. "Não tem por que você perder o passeio. Veio até aqui, não vai querer passar o tempo todo dentro de casa."

"Mas eu gostaria muito de ficar e fazer companhia ao papai. Acho que temos muitas coisas mais para contar um para o outro."

"Pai, olhe o que o senhor fez", disse Noriko. E depois, para a irmã: "Então agora vamos só eu e o Ichiro".

"Ichiro vai gostar de passar o dia com você, Noriko", disse Setsuko, com um sorriso. "Você é a grande favorita dele neste momento."

Fiquei contente com a decisão de Setsuko ficar em casa porque, de fato, tínhamos tido pouca oportunidade de conversar sem interrupções; e é claro que existem muitas coisas que um pai quer saber sobre a vida de uma filha casada e que não pode perguntar diretamente. Mas o que nunca me ocorreu essa noite foi que Setsuko teria suas próprias razões para querer ficar em casa comigo.

Talvez seja sinal de minha idade avançada eu ter passado a vagar pelas salas sem nenhum propósito. Quando Setsuko deslizou a porta da sala de visitas essa tarde — no segundo dia de sua visita —, eu devia estar parado ali perdido em pensamentos por um tempo considerável.

"Desculpe", ela disse. "Volto depois."

Virei-me, um pouco surpreso ao encontrar minha filha ajoelhada na entrada com um vaso cheio de flores e folhas.

"Não, por favor, entre", eu disse. "Não estava fazendo nada de mais."

A aposentadoria coloca muito tempo em suas mãos. De fato, um dos prazeres da aposentadoria é poder atravessar o dia em seu próprio ritmo, tranquilo ao saber que deixou para trás o trabalho duro e as realizações. Mesmo assim, devo estar ficando mesmo muito distraído para entrar sem finalidade na sala de visitas — principalmente aí. Pois ao longo dos anos preservei a sensação, instilada em mim por meu pai, de que a sala de visitas de uma casa é um lugar a ser reverenciado, um lugar a ser mantido livre das trivialidades do dia a dia, reservado para receber hóspedes importantes ou então para prestar respeito no altar budista. Portanto, a sala de visitas de minha casa sempre teve uma atmosfera mais solene do que na maioria das casas de família; e embora eu nunca tenha feito disso uma regra, como meu pai fazia, sempre desencorajei meus filhos, quando ainda eram pequenos, a entrar na sala, a menos que especificamente convidados.

Meu respeito por salas de visitas pode parecer exagerado, mas é preciso saber que na casa em que cresci — na cidade de Tsuruoka, a meio dia de trem daqui — até os doze anos me era proibido entrar na sala de visitas. Como essa sala era, em muitos sentidos, o centro da casa, a curiosidade me levou a construir uma imagem de seu interior a partir dos relances ocasionais que conseguia ter dela. Mais tarde, com frequência surpreendia meus colegas pela capacidade de reproduzir na tela uma cena baseada apenas no mais breve olhar de relance; provavelmente eu deva agradecer a meu pai por essa capacidade e pelo treinamento involuntário que ele deu a meu olhar de artista durante aqueles anos de formação. De qualquer forma, quando cheguei aos doze anos, começaram as "reuniões de negócios" e então me via dentro daquela sala uma vez por semana.

"Masuji e eu vamos discutir negócios hoje à noite", meu pai

anunciava durante o jantar. E isso servia ao mesmo tempo como uma ordem para me apresentar lá depois da refeição e alerta ao resto da família para não fazer barulho perto da sala de visitas essa noite.

Meu pai desaparecia na sala depois do jantar e me chamava uns quinze minutos depois. O cômodo em que eu entrava era iluminado por uma única vela alta posta no centro do piso. Dentro do círculo de luz que ela emitia, meu pai estava sentado de pernas cruzadas no tatame, diante de sua "caixa de negócios" de madeira. Ele fazia um gesto para que me sentasse na frente dele na luz e, depois que eu o obedecia, o brilho da vela deixava o resto da sala na sombra. Eu só conseguia discernir vagamente por cima do ombro de meu pai o altar budista na parede oposta, ou os poucos desenhos pendurados como enfeites.

Meu pai então começava sua fala. De sua "caixa de negócios", ele tirava cadernos pequenos, grossos, e abria alguns para apontar para mim densas colunas de números. O tempo todo prosseguia com sua fala em tom controlado, grave, com pausas apenas ocasionais, em que olhava para mim como se buscasse confirmação. Nesses momentos, eu pronunciava depressa: "Sim, claro".

Era quase impossível para mim acompanhar o que meu pai dizia. Ele usava jargão e assim narrava seu raciocínio em cálculos extensos, sem fazer nenhuma concessão ao fato de se dirigir a um jovenzinho. Mas me parecia igualmente impossível pedir que ele parasse e explicasse. Porque a meu ver, só tinha sido admitido na sala de visitas porque ele considerou que eu tinha idade suficiente para entender essa fala. Minha sensação de vergonha só se igualava ao medo terrível de que, a qualquer momento, me fosse solicitado dizer mais que "sim, claro", e aí era o fim do jogo. E embora se passassem mês após mês sem que me fosse solicitado dizer nada mais, mesmo assim eu vivia assombrado pela próxima "reunião de negócios".

Evidentemente, para mim agora está claro que meu pai nunca teve nenhuma esperança de que eu acompanhasse o que ele dizia, mas nunca entendi por que ele me expunha a essa provação. Talvez o desejo dele fosse me impressionar desde aquela tenra idade com sua expectativa de que eu um dia assumisse os negócios da família. Ou talvez ele sentisse que, como futuro chefe da família, era certo que fosse consultado acerca de todas as decisões que provavelmente iriam repercutir até minha idade adulta; meu pai havia concebido que dessa forma eu teria menos motivos para reclamar, se viesse a herdar um negócio sem solidez.

Então, quando eu tinha quinze anos, me lembro de ter sido chamado à sala de visitas para um encontro de outro tipo. Como sempre, a sala estava iluminada por uma única vela, meu pai sentado do centro de sua luz. Mas nessa noite, em vez da caixa de negócios, ele tinha diante dele uma pesada bacia de cinzas de cerâmica. Isso me intrigou, pois aquela bacia de cinzas — a maior da casa — normalmente só era usada para visitas.

"Trouxe tudo?", ele perguntou.

"Fiz o que mandou."

Coloquei ao lado de meu pai a pilha de pinturas e desenhos que trazia nos braços. Formavam uma pilha irregular, folhas de vários tamanhos e qualidades, a maioria delas torta ou enrugada com a tinta.

Sentei em silêncio enquanto meu pai examinava meu trabalho. Ele olhava cada pintura por um momento e a deixava de lado. Quando estava quase na metade de minha coleção, disse, sem erguer os olhos:

"Masuji, tem certeza de que todo seu trabalho está aqui? Será que deixou de me trazer uma ou duas pinturas?"

Não respondi de imediato. Ele olhou para mim e perguntou: "E então?".

"É possível que eu não tenha trazido uma ou duas."

"Certo. E sem dúvida, Masuji, as pinturas que faltam são aquelas de que você mais se orgulha. Não é?"

Ele voltou os olhos para as pinturas de novo, então não respondi. Durante muitos momentos mais, fiquei olhando enquanto ele examinava a pilha. Uma vez, ergueu uma pintura mais perto da vela e disse: "Esta é a trilha que desce do morro Nishiyama, não é? Sem dúvida, você captou muito bem o aspecto dela. Ela é exatamente assim quando se desce o morro. Muito hábil".

"Obrigado."

"Sabe, Masuji", meu pai fixava o olhar na pintura, "ouvi de sua mãe uma coisa curiosa. Ela parece ter a impressão de que você quer assumir a pintura como profissão."

Como ele não disse isso como uma pergunta, de início, não respondi. Mas ele então olhou para mim e repetiu: "Sua mãe, Masuji, parece ter a impressão de que você quer assumir a pintura como profissão. Naturalmente, ela está enganada ao pensar assim".

"Naturalmente", eu disse, baixo.

"Então, deve ter havido alguma confusão da parte dela."

"Sem dúvida."

"Entendo."

Durante alguns minutos, meu pai continuou estudando minhas pinturas, enquanto eu o observava em silêncio, sentado à sua frente. Ele então disse, sem olhar para mim: "Na verdade, acho que isso era a sua mãe passando aí fora. Você a ouviu?".

"Acho que não ouvi nada."

"Acho que era sua mãe. Peça para ela entrar aqui, já que está passando."

Me levantei e fui até a porta. O corredor estava escuro e vazio, como eu sabia que estaria. Atrás de mim, ouvi a voz de meu pai dizer: "Quando for chamar sua mãe, Masuji, recolha o resto de suas pinturas e traga para mim".

Talvez tenha sido simplesmente imaginação minha, mas quando voltei à sala minutos depois, acompanhado de minha mãe, tive a impressão de que a bacia de cinzas tinha sido deslocada para um pouco mais perto da vela. Achei também que senti cheiro de queimado no ar, mas quando olhei a bacia, não havia sinal de que tivesse sido usada.

Meu pai notou apenas vagamente quando deixei os últimos exemplos de meu trabalho ao lado da pilha original. Ele parecia estar ainda preocupado com minhas pinturas e, durante algum tempo, ignorou a mim e a minha mãe, sentados à sua frente em silêncio. Então, por fim, deu um suspirou, olhou para mim e disse: "Eu não espero, Masuji, que você tenha muito tempo para monges itinerantes, tem?".

"Monges itinerantes? Acho que não."

"Eles têm muito a dizer a respeito deste mundo. Não presto muita atenção neles quase todo o tempo. Mas é mera decência ser cortês com religiosos, mesmo que eles nos pareçam nada mais que mendigos."

Fez uma pausa, e eu disse: "Sim, claro".

Então meu pai virou-se para minha mãe e disse: "Você se lembra, Sachiko, dos monges itinerantes que costumavam vir a esta cidade? Um deles veio a esta casa logo depois que este nosso filho nasceu. Um velho magro, que tinha só uma mão. Mas um sujeito muito forte apesar disso. Lembra-se dele?".

"Claro que sim", minha mãe respondeu. "Mas talvez não se deva dar ouvidos ao que dizem alguns desses monges."

"Mas você se lembra", meu pai falou, "que esse monge teve uma visão muito profunda do coração de Masuji. Ele nos deixou um alerta, lembra disso, Sachiko?"

"Mas nosso filho não passava de um bebê naquela época", disse minha mãe. Falava em voz baixa, como se, de alguma forma, esperasse que eu não fosse ouvir. A voz de meu pai, ao contrário, estava desnecessariamente alta, como se falasse para uma plateia:

"Ele nos deixou com um alerta. Os membros de Masuji eram saudáveis, disse, mas ele tinha nascido com uma falha em sua natureza. Um traço de fraqueza que daria a ele um pendor para a indolência e a dissimulação. Você se lembra disso, Sachiko?"

"Mas acredito que o monge tinha também muitas coisas boas para dizer sobre nosso filho."

"É verdade. Nosso filho tem uma porção de boas qualidades, o monge apontou isso. Mas se lembra do alerta, Sachiko? Ele disse que, se quiséssemos que as qualidades dominassem, ao criar o menino tínhamos de ficar atentos e coibir esse ponto fraco sempre que tentasse se manifestar. Senão, assim nos disse o velho monge, Masuji ia crescer como um inútil."

"Mas talvez", disse minha mãe, cautelosa, "não seja sensato levar ao pé da letra o que esses monges têm a dizer."

Meu pai pareceu um pouco surpreso com essa observação. Então, depois de um momento, balançou a cabeça, pensativo, como se minha mãe tivesse manifestado algo surpreendente. "Eu mesmo relutei em levar o monge a sério naquela época", ele continuou. "Mas depois, a cada estágio do crescimento de Masuji, fui obrigado a admitir as palavras daquele velho. Não se pode negar, existe um traço de fraqueza no caráter de nosso filho. Não existe nada de malícia, nele. Mas temos de combater incessantemente sua indolência, seu desinteresse por trabalho útil, sua vontade fraca."

Então, com alguma deliberação, meu pai pegou três ou quatro pinturas minhas e ergueu com ambas as mãos, como para avaliar seu peso. Olhou para mim e disse: "Masuji, sua mãe aqui está com a impressão de que você quer seguir a pintura como profissão. Será que houve algum equívoco da parte dela?".

Baixei os olhos e mantive o silêncio. Então ouvi a voz de minha mãe a meu lado, quase num sussurro, dizer: "Ele ainda é muito novo. Tenho certeza de que é um capricho infantil".

Houve uma pausa e meu pai falou: "Me diga, Masuji, você faz ideia do tipo de mundo que um artista habita?".

Fiquei em silêncio, olhos no chão diante de mim.

"Artistas", continuou a voz de meu pai, "vivem na miséria e na pobreza. Habitam um mundo que dá a eles toda tentação de vontade fraca e depravação. Não tenho razão, Sachiko?"

"Naturalmente. Mas talvez existam um ou dois que conseguem seguir uma carreira artística e evitar esses abismos."

"Claro, existem exceções", disse meu pai. Mesmo com os olhos ainda baixos, eu era capaz de perceber por sua voz que ele ainda estava balançando a cabeça, com seu jeito perplexo. "Um punhado deles, com extraordinária determinação e caráter. Mas eu temo que o nosso filho aqui esteja longe de ser uma pessoa assim. Na verdade, muito pelo contrário. É nosso dever proteger o menino desses perigos. Afinal, queremos que ele seja alguém de quem possamos nos orgulhar, não?"

"Claro", disse minha mãe.

Levantei o olhar depressa. A vela tinha queimado até a metade e a chama iluminava duramente um lado do rosto de meu pai. Ele havia agora colocado as pinturas no colo e notei como deslizava os dedos impacientes por suas bordas.

"Masuji", disse ele, "pode nos deixar agora. Quero falar com sua mãe."

Me lembro que pouco mais tarde nessa noite encontrei minha mãe no escuro. Muito provavelmente, eu estava em um dos corredores quando a encontrei, embora não me lembre disso. Não me lembro também de por que estava vagando pela casa no escuro, mas com toda certeza não era para espionar meus pais — porque me lembro claramente de decidir não dar atenção ao que ocorrera na sala de visitas depois que saí. Naquela época, claro, as casas eram todas mal iluminadas, de forma que não era incomum ficarmos parados no escuro para conversar. Eu podia distinguir a figura da minha mãe à minha frente, mas não conseguia enxergar seu rosto.

"Alguma coisa está queimando na casa", observei.

"Queimando?" Minha mãe ficou em silêncio por um momento, depois disse: "Não. Acho que não. Deve ser imaginação sua, Masuji".

"Senti cheiro de queimado", eu disse. "Olhe só, acabei de sentir de novo. Papai ainda está na sala de visitas?"

"Está. Ocupado com alguma coisa."

"Seja o que for que esteja fazendo lá", eu disse, "não me interessa nada."

Minha mãe não emitiu nenhum som, então acrescentei: "A única coisa que papai conseguiu foi atiçar minha ambição".

"Que bom ouvir isso, Masuji."

"Não me entenda mal, mãe. Não tenho a menor vontade de nos próximos anos sentar onde papai está sentado agora, falando sobre contas e dinheiro para meu filho. Você sentiria orgulho de mim se eu crescesse desse jeito?"

"Sentiria, sim, Masuji. A vida de alguém como seu pai tem muito mais coisas do que você pode saber na sua idade."

"Eu nunca teria orgulho de mim mesmo. Quando disse que eu tinha ambição, quis dizer que desejo chegar acima de uma vida assim."

Minha mãe ficou em silêncio por alguns momentos. Então disse: "Quando a gente é jovem, muitas coisas parecem chatas e sem graça. Mas ficamos mais velhos e descobrimos que essas são as coisas mais importantes".

Não respondi. Em vez disso, acho que falei: "Houve uma época em que eu ficava apavorado com as reuniões de negócios do papai. Mas agora já faz algum tempo que elas simplesmente me aborrecem. Na verdade, me dão repulsa. Por que é um privilégio tão grande eu participar dessas reuniões? Contagem de trocados. Manipulação de moedas, hora após hora. Eu nunca me perdoarei se minha vida vier a ser assim". Fiz uma pausa e esperei para ver se minha mãe ia dizer alguma coisa. Por um momento, tive a sensação peculiar de que ela havia ido embora silenciosamente enquanto eu falava e de que eu estava agora ali parado, sozinho. Mas então ouvi movimentos dela na minha frente, e repeti: "Não me interessa em nada o que papai está fazendo na sala de visitas. Tudo o que ele atiçou foi a minha ambição".

Vejo, porém, que estou divagando. Minha intenção era registrar aqui aquela conversa que tive com Setsuko no mês passado, quando ela entrou na sala de visitas para trocar as flores.

Pelo que me lembro, Setsuko havia se sentado na frente do altar budista e começara a remover as flores mais gastas de sua decoração. Eu me sentara um pouco atrás, observando como ela sacudia cuidadosamente cada haste antes de colocar no colo, e acredito que estávamos falando de alguma coisa muito leve nesse estágio. Mas ela então perguntou, sem se desviar das flores:

"Desculpe falar disso, pai. Sem dúvida já deve ter ocorrido ao senhor."

"O que foi, Setsuko?"

"Só toco no assunto porque acredito muito provável que as negociações de casamento de Noriko venham a continuar."

Setsuko tinha começado a transferir, uma por uma, as flores novas de seu vaso para os que cercavam o altar. Fazia isso com grande cuidado, com uma pausa depois de cada flor para avaliar o efeito. "Eu só queria dizer", continuou, "que quando as negociações começarem para valer, seria bom papai tomar algumas precauções."

"Precauções? Naturalmente, vamos com cuidado. Mas o que você tem em mente?"

"Desculpe, eu falo principalmente das investigações."

"Bom, claro, vamos ser tão rigorosos quanto for preciso. Vamos contratar o mesmo detetive do ano passado. Ele foi muito confiável, como você deve lembrar."

Setsuko mudou cuidadosamente a posição de uma haste. "Me perdoe, sem dúvida não estou me expressando com clareza. Eu me refiro, na verdade, à investigação *deles*."

"Desculpe, não sei se estou acompanhando. Não sabia que tínhamos alguma coisa a esconder."

Setsuko deu uma risada nervosa. "Papai, me perdoe. Como sabe, eu nunca fui boa em conversas assim. Suichi está sempre ralhando comigo porque me expresso mal. Ele se expressa com tanta eloquência. Sem dúvida, eu devia aprender com ele."

"Tenho certeza de que você se expressa muito bem, mas temo não acompanhar direito o que quer dizer."

De repente, Setsuko ergueu as mãos em desespero. "O vento", disse com um suspiro e se inclinou para as flores outra vez. "Quero que elas fiquem assim, mas o vento parece que não quer deixar." Por um momento, ela ficou preocupada outra vez. Então disse: "Tem de me desculpar, pai. No meu lugar, Suichi expressaria melhor as coisas. Mas, claro, ele não está aqui. Eu só queria dizer que talvez fosse sensato papai tomar certas precauções. Para garantir que não haja desentendimentos. Afinal, Noriko já está com quase vinte e seis anos. Não podemos mais permitir tantas decepções como a do ano passado".

"Desentendimentos sobre o quê, Setsuko?"

"Sobre o passado. Mas, por favor, tenho certeza de que estou falando sem necessidade. Papai sem dúvida já pensou em tudo e vai fazer o que for preciso."

Ela se afastou, examinou o trabalho, depois se virou para mim com um sorriso. "Eu não tenho habilidade para essas coisas", disse, apontando as flores.

"Estão lindas."

Ela deu uma olhada duvidosa para o altar e riu, tímida.

* * *

Ontem, quando eu ia de bonde para o tranquilo subúrbio de Arakawa, a lembrança dessa conversa na sala de visitas me veio à cabeça e me fez sentir uma onda de irritação. Enquanto eu olhava a paisagem pela janela, que ficava cada vez menos atulhada à medida que seguíamos para o sul, me voltou à mente a imagem de minha filha sentada diante do altar, me aconselhando a tomar "precauções". Lembrei-me de novo do jeito como ela olhou para mim ligeiramente e disse: "Afinal, não podemos mais permitir tantas decepções como a do ano passado". E tornei a me lembrar de sua segurança na varanda naquela primeira manhã de visita, quando insinuou que eu mantinha algum segredo peculiar sobre a desistência dos Miyake. Essas lembranças já haviam estragado meu humor durante o mês passado; mas foi ontem, na tranquilidade da viagem solitária aos rincões mais sossegados da cidade, que consegui avaliar com mais clareza meus sentimentos e me dei conta de que minha irritação não era dirigida a Setsuko, mas a seu marido.

Creio que é natural uma esposa ser influenciada pelas ideias do marido — mesmo quando, como no caso de Suichi, essas ideias sejam bastante irracionais. Mas quando um homem leva a esposa a desconfiar do próprio pai, então há, sem dúvida, motivo suficiente para ressentimento. Por conta do que ele deve ter sofrido na Manchúria, no passado tentei adotar uma atitude tolerante sobre certos aspectos de seu comportamento; não tomei como ofensa pessoal, por exemplo, os frequentes sinais de amargura que manifestou pela minha geração. Mas sempre pensei que esses sentimentos desapareceriam com o tempo. No entanto, da parte de Suichi, eles parecem na verdade ficar cada vez mais cortantes e pouco razoáveis.

Tudo isso não me incomodaria agora — afinal, Setsuko e

Suichi vivem longe e nunca os vejo mais que uma vez por ano —, não fosse porque, ultimamente, desde a visita de Setsuko no mês passado, essas mesmas ideias irracionais parecem ter contaminado Noriko. Foi isso o que me irritou e várias vezes me levou à tentação, nestes últimos dias, de escrever uma carta zangada a Setsuko. Não há nada de errado no fato de marido e mulher se ocuparem de especulações ridículas, mas deviam manter essas coisas entre eles. Um pai mais rigoroso, sem dúvida, teria feito alguma coisa há muito tempo.

Mais de uma vez no mês passado, surpreendi minhas filhas mergulhadas em alguma discussão e notei que se calavam, culpadas, e começavam alguma outra conversa pouco convincente. De fato, me lembro de isso ter acontecido três vezes ao longo dos cinco dias que Setsuko passou aqui. E então, dias atrás, Noriko e eu estávamos acabando de tomar o café da manhã quando ela disse:

"Eu estava passando na frente da loja de departamentos Shimizu ontem e adivinhe quem eu vi parado no ponto do bonde? Jiro Miyake!"

"Miyake?" Ergui os olhos de minha tigela, surpreso de ouvir Noriko mencionar o nome tão abertamente. "Ora, que coisa desagradável."

"Desagradável? Bom, na verdade, pai, fiquei bem satisfeita de encontrar com ele. Jiro parecia envergonhado, então não conversamos muito tempo. De qualquer forma, eu precisava voltar para o escritório. Tinha ido fazer uma coisa na rua, sabe. Mas o senhor sabia que ele está noivo?"

"Ele te contou isso? Que audácia."

"Não voluntariamente, claro. Eu perguntei. Contei que estava no meio de novas negociações agora, e perguntei quais eram os planos de casamento dele. Só perguntei isso. Ele ficou vermelho! Mas então falou e contou que estava quase noivo agora. Praticamente tudo acertado."

"Sinceramente, Noriko, você não devia ser tão indiscreta. Por que tinha que falar de casamento?"

"Eu estava curiosa. Não me incomoda mais. E como as negociações de agora estão indo tão bem, só pensei outro dia como seria uma pena se Jiro Miyake ainda estivesse chateado com o ano passado. Então pode imaginar como fiquei contente de saber que ele está praticamente noivo."

"Sei."

"Espero conhecer logo a noiva dele. Tenho certeza de que deve ser boa, o senhor não acha, pai?"

"Claro."

Continuamos comendo por um momento. Então, Noriko disse: "Quase perguntei a ele uma outra coisa também. Mas achei melhor não". Ela se inclinou para a frente e sussurrou: "Quase perguntei sobre o ano passado. Por que eles tinham desistido".

"Fez bem em não perguntar. Além disso, eles deixaram bem clara a razão na época. Sentiam que o rapaz não tinha um posto adequado para merecer você."

"Mas o senhor sabe que isso foi pura formalidade, pai. Nós nunca descobrimos a razão verdadeira. Pelo menos, eu nunca ouvi falar a respeito." Foi nessa altura que algo na voz dela me fez erguer novamente os olhos da tigela. Noriko segurava seu hashi no ar, como se esperasse que eu dissesse alguma coisa. Então, como continuei a comer, ela disse: "Por que o senhor acha que eles desistiram? O senhor descobriu alguma coisa sobre isso?".

"Não descobri nada. Como contei, eles disseram que o rapaz não tinha um posto adequado. É uma resposta perfeitamente boa."

"Eu me pergunto, pai, se não foi simplesmente porque eu não estava à altura das exigências deles. Talvez eu não seja bonita o suficiente. Você acha que foi isso?"

"Não teve nada a ver com você, você sabe disso. São muitas as razões pelas quais uma família interrompe uma negociação."

"Bom, pai, se não tinha a ver comigo, então fico imaginando o que pode ter feito com que se afastassem daquele jeito."

Pareceu-me que havia alguma coisa deliberadamente pouco natural na maneira como minha filha pronunciou essas palavras. Talvez fosse imaginação minha, mas um pai sempre nota qualquer pequena inflexão na fala de sua filha.

De qualquer forma, essa conversa com Noriko me fez lembrar da ocasião em que eu me encontrei com Jiro Miyake e acabei conversando com ele no ponto do bonde. Foi há pouco mais de um ano — as negociações com a família Miyake ainda estavam em andamento nessa altura —, num fim de tarde, quando a cidade está cheia de gente voltando para casa depois de um dia de trabalho. Por alguma razão, eu estava andando no bairro de Yokote e cheguei ao ponto do bonde diante do edifício da Companhia Kimura. Alguém que conheça o bairro de Yokote deve saber dos inúmeros pequenos escritórios, bastante castigados, que se alinham nos andares de cima das lojas ali. Quando encontrei Jiro Miyake naquele dia, ele estava saindo de um desses escritórios e descia uma escada estreita entre duas lojas.

Eu já tinha encontrado com ele duas vezes antes desse dia, mas só em reuniões familiares formais, quando aparecia com sua melhor roupa. Nesse dia, ele estava bem diferente, com uma capa de chuva surrada um pouco grande demais e uma pasta debaixo do braço. Tinha a aparência de um jovem muito acostumado a receber ordens; de fato, toda a sua postura parecia estar fixada no limiar de uma curvatura. Quando lhe perguntei se trabalhava no escritório de onde tinha saído, ele começou a rir, nervoso, como se eu o tivesse surpreendido a sair de alguma casa de má reputação.

Ocorreu-me mesmo que seu embaraço era talvez extremo

demais para ser causado apenas por um encontro casual; mas na época atribuí seu constrangimento ao aspecto miserável de seu escritório e da vizinhança. Foi só talvez uma semana depois, quando fiquei sabendo, surpreso, que os Miyake tinham desistido, que me vi pensando naquele encontro, procurando nele algum significado.

"Eu me pergunto", eu disse a Setsuko, pois ela estava em uma de suas visitas na época, "se o tempo todo que conversei com ele a família já estava decidida a desistir."

"Sem dúvida isso explicaria o nervosismo que papai observou", Setsuko dissera. "Ele não disse nada que desse um indício de suas intenções?"

Mas mesmo naquele momento, apenas uma semana depois do encontro, eu mal conseguia lembrar da conversa que tinha tido com o jovem Miyake. Naquela tarde, claro, eu ainda supunha que seu noivado com Noriko seria anunciado a qualquer momento, e que eu estava tratando com um futuro membro da família. Minha intenção no momento estava focalizada em conseguir que o jovem Miyake relaxasse em minha presença, mas não pensei tanto quanto deveria sobre o que foi efetivamente dito em nosso curto trajeto até o ponto de bonde e nos poucos minutos que ficamos lá parados juntos.

Mesmo assim, quando ponderei sobre a coisa toda durante os dias seguintes, uma nova ideia me ocorreu: que talvez o próprio encontro tenha ajudado a provocar o afastamento.

"É possível", afirmei para Setsuko. "Miyake ficou muito intimidado porque vi seu local de trabalho. Talvez tenha ocorrido a ele mais uma vez que havia uma distância muito grande entre as nossas famílias. Afinal, foi uma questão em que tocaram muitas vezes para ser apenas uma formalidade."

Mas Setsuko, ao que parece, não se convenceu dessa teoria. E parece que precisou voltar para casa para especular com o marido sobre o fracasso da proposta de casamento de sua irmã. Porque este ano ela parece ter voltado com suas próprias teorias — ou pelo menos as de Suichi. O que me obriga a pensar de novo naquele encontro com Miyake, a revirá-lo em busca de uma outra perspectiva. Mas, como eu disse, mal podia me lembrar do que tinha acontecido apenas uma semana depois, e agora mais de um ano havia se passado.

Mas então me voltou à cabeça uma conversa em particular à qual eu dera pouca importância. Miyake e eu tínhamos chegado à rua principal e estávamos parados em frente ao prédio da Companhia Kimura, à espera de nossos respectivos bondes. E me lembro de Miyake dizer:

"Recebemos uma notícia triste no trabalho hoje. O presidente de nossa matriz faleceu."

"Sinto muito em saber disso. Ele tinha idade avançada?"

"Tinha só sessenta e poucos. Nunca tive a chance de conhecer o presidente em pessoa, mas claro que vi fotos dele nos jornais. Era um grande homem e nós todos nos sentimos órfãos."

"Deve ter sido um golpe para todos vocês."

"Foi mesmo", disse Miyake, e fez um momento de pausa. Depois continuou: "Mas aqui no nosso escritório estamos meio perdidos sobre a melhor maneira de demonstrar nosso respeito. Sabe, para ser bem franco, o presidente se suicidou".

"É mesmo?"

"Mesmo. Ele se intoxicou com gás. Mas parece que primeiro tentou o haraquiri, porque tinha arranhões na barriga." Miyake olhou para o chão, solene. "Foi seu pedido de desculpas para as companhias sob sua direção."

"Desculpas?"

"Claramente, nosso presidente se sentia responsável por certos projetos em que nos envolvemos durante a guerra. Dois funcionários sêniores já tinham sido demitidos pelos americanos, mas nosso presidente, é claro, achou que não era o suficiente. A atitude dele foi um pedido de desculpas em nome de todos nós para as famílias dos que morreram na guerra."

"Mas, puxa!", disse eu, "parece muito extremo. O mundo parece ter enlouquecido. Todo dia aparece a notícia de mais alguém que se matou como pedido de desculpas. Me diga, sr. Miyake, não acha isso tudo um grande desperdício? Afinal, se o seu país está em guerra, você faz tudo o que pode para apoiar, não há vergonha nenhuma nisso. Que necessidade existe de se desculpar com a morte?"

"Sem dúvida, o senhor tem razão. Mas, francamente, a companhia ficou muito aliviada. Sentimos que agora podemos esquecer nosso passado de transgressões e olhar para o futuro. Foi uma grande coisa o que nosso presidente fez."

"Mas um grande desperdício também. Alguns dos nossos melhores homens estão desistindo da vida desse jeito."

"De fato, é uma pena, sim, senhor. Às vezes, acho que muitos que deviam dar a vida para se desculpar são covardes demais para encarar suas responsabilidades. Então resta para pessoas como nosso presidente realizar os gestos nobres. São muitos os homens que já estão de volta aos postos que ocupavam antes da guerra. Alguns não são nada mais que criminosos de guerra. Eles é que deviam estar se desculpando."

"Entendo seu ponto de vista", falei. "Mas aqueles que lutaram e trabalharam lealmente por nosso país durante a guerra não podem ser chamados de criminosos de guerra. Acho que essa é uma expressão usada com muita liberalidade hoje em dia."

"Mas são esses homens que fizeram o país se perder. Com toda certeza é justo que eles assumam a responsabilidade. É uma covardia esses homens se recusarem a admitir seus erros. E quando esses erros foram cometidos em nome do país inteiro, ora, então se trata da maior de todas as covardias."

Será que Miyake realmente me disse tudo isso aquela tarde? Talvez eu esteja confundindo as palavras dele com o tipo de coisa que Suichi diria. É muito possível; afinal eu tinha de olhar Miyake como meu futuro genro e posso de fato ter associado o rapaz a meu genro de verdade. Decerto frases como "a maior de todas as covardias" soavam muito mais como Suichi do que como o jovem Miyake, que tem maneiras tão delicadas. Mas tenho bastante certeza de que uma conversa desse tipo ocorreu no ponto do bonde aquele dia, e acho um tanto curioso ele ter puxado tal assunto. Mas quanto à frase "a maior de todas as covardias", tenho certeza que é de Suichi. De fato, pensando bem, tenho certeza de que Suichi usou essa frase naquela noite após a cerimônia de enterro das cinzas de Kenji.

Levou mais de um ano para que as cinzas de meu filho chegassem da Manchúria. Nos diziam constantemente que os comunistas dificultavam tudo por lá. Então, quando as cinzas dele finalmente chegaram, junto com a de vinte e três outros rapazes que tinham morrido na tentativa daquele desesperado ataque no campo minado, não tínhamos nenhuma garantia de que as cinzas fossem mesmo de Kenji e só dele. "Mas se as cinzas de meu irmão estão misturadas", Setsuko havia escrito para mim naquela época, "será apenas com a de seus camaradas. Não podemos reclamar." E então aceitamos as cinzas de Kenji e realizamos para ele uma cerimônia tardia, que completou dois anos no mês passado.

Foi no meio dessa cerimônia no cemitério que vi Suichi se afastar zangado. Quando perguntei a Setsuko qual era o problema com seu marido, ela sussurrou depressa: "Por favor, desculpe, ele não está bem. Um pouco de subnutrição, ele não se livra disso há meses".

Mas depois, quando os convidados da cerimônia estavam reunidos em minha casa, Setsuko me disse: "Por favor entenda, pai. Essas cerimônias perturbam profundamente Suichi".

"Muito tocante", eu disse. "Não fazia ideia que ele era tão próximo de seu irmão."

"Eles se davam bem sempre que se encontravam", disse Setsuko. "Além disso, Suichi se identifica muito com alguém como Kenji. Ele diz que poderia facilmente ter sido ele."

"Mas tudo isso não seria uma razão ainda mais forte para que ele não abandonasse a cerimônia?"

"Desculpe, pai, Suichi não quis parecer desrespeitoso. Mas estivemos em tantas cerimônias assim no ano passado, de amigos e camaradas de Suichi, e ele sempre ficava com muita raiva."

"Raiva? Mas raiva de quê?"

Mas outros convidados estavam chegando e fomos obrigados a interromper nossa conversa. Nessa noite, só mais tarde tive a chance de falar com o próprio Suichi. Muitos convidados ainda estavam conosco, reunidos na sala de visitas. Vi a figura alta de meu genro do outro lado da sala, parado sozinho; ele tinha aberto as divisórias que dão para o jardim, e, de costas para o ruído da conversa, olhava a escuridão. Fui até ele e disse:

"Setsuko me falou, Suichi, que você fica com raiva nessas cerimônias."

Ele se voltou e sorriu. "Talvez sim. Fico furioso quando penso em certas coisas. No desperdício."

"É. É terrível pensar no desperdício. Mas Kenji, assim como muitos outros, morreu bravamente."

Durante um momento, meu genro me encarou com o rosto imóvel, sem expressão; é algo que ele faz de vez em quando e com que nunca me acostumei. O olhar, sem dúvida, é bastante inocente, mas, talvez por Suichi ser um homem de físico poderoso e seus traços serem um tanto assustadores, é fácil de ler algo ameaçador ou acusador ali.

"Parece que as mortes corajosas não têm fim", ele acabou por dizer. "Metade da minha turma de ensino médio teve mortes corajosas. Todas por causas idiotas, embora eles nunca viessem a saber disso. Sabe, pai, o que realmente me deixa furioso?"

"O que é, Suichi?"

"Aqueles que mandaram gente como o Kenji para morrer lá essas mortes valentes, onde estão eles hoje? Continuam com suas vidas, como sempre. Vários deles mais bem-sucedidos que antes, se comportando bem na frente dos americanos, os mesmos que nos levaram ao desastre. E, no entanto, é por gente como o Kenji que temos de pôr luto. É isso que me deixa furioso. Jovens valentes morrerem por causas idiotas, e os verdadeiros culpados ainda estarem entre nós. Com medo de mostrar quem são de verdade, de admitir sua responsabilidade." E tenho certeza que foi então que ele virou as costas para o escuro lá fora e disse: "Para mim, essa é a maior de todas as covardias".

Eu estava esgotado por causa da cerimônia, senão teria contestado alguns de seus argumentos. Mas achei que haveria outras oportunidades para essa conversa e mudei para outros assuntos. Me lembro de ficar ali parado com ele, olhando a noite, e perguntei sobre seu trabalho, sobre Ichiro. Naquela época, eu mal tinha estado com Suichi desde que voltara da guerra, e aquela foi a minha primeira experiência do genro mudado, um tanto amargo, ao qual agora já estou acostumado. Naquela noite, fiquei surpreso ao vê-lo falar desse jeito, sem nenhum traço das maneiras rígidas que tinha antes de ir para a guerra; mas atribuí isso ao efeito emocional da cerimônia funerária e, em termos mais gerais, ao enorme impacto de sua experiência de guerra — que, conforme Setsuko insinuara, tinha sido terrível.

Mas, na realidade, o estado de espírito em que o encontrei naquela noite se revelou típico de seu humor em geral atualmente; a transformação do jovem polido, discreto, que havia se casado com Setsuko dois anos antes da guerra, era muito notável. Claro que foi trágico o fato de tantos homens de sua geração terem morrido como morreram, mas por que ele tinha de sentir tamanho rancor pelos mais velhos? As posições de Suichi agora têm uma dureza, quase perversidade, que considero preocupante — ainda mais a partir do momento em que parecem influenciar Setsuko.

Porém essa transformação não é de forma alguma exclusiva de meu genro. Hoje em dia vejo isso o tempo todo a meu redor; alguma coisa mudou no caráter da geração mais nova de uma forma que não compreendo inteiramente, e certos aspectos dessa mudança são inegavelmente perturbadores. Por exemplo, outra noite mesmo, no bar da sra. Kawakami, ouvi um homem sentado mais adiante no balcão falar:

"Ouvi dizer que levaram aquele idiota para o hospital. Umas costelas quebradas e concussão."

"O menino Hirayama?", perguntou a sra. Kawakami com ar preocupado.

"É esse o nome dele? Aquele que está sempre por aí gritando coisas. Alguém realmente tinha de fazer o rapaz parar com isso. Parece que ele apanhou de novo noite passada. É uma vergonha pegar um idiota daqueles, seja lá o que for que estivesse gritando."

Nessa altura, virei-me para o homem e perguntei: "Com licença, disse que o menino Hirayama foi atacado? Por quê?".

"Parece que ele estava cantando uma daquelas velhas canções militares e gritava palavras de ordem conservadoras."

"Mas o menino Hirayama sempre fez isso", apontei. "Ele só sabe cantar duas ou três músicas. Foi o que ele aprendeu."

O homem deu de ombros. "Concordo, que sentido faz bater num idiota daqueles? É maldade pura. Mas ele estava na ponte Kayabashi e vocês sabem como as coisas ficam perigosas por lá depois que anoitece. Ele ficou sentado no parapeito da ponte, cantando e gritando por uma hora mais ou menos. Dava para ouvir no bar do outro lado da rua e parece que alguns não aguentaram mais."

"Que sentido tem isso?", perguntou a sra. Kawakami. "Esse menino Hirayama é inofensivo."

"Bom, alguém devia ensinar ele a cantar outras músicas", disse o homem e bebeu um gole. "Ele vai apanhar de novo se continuar por aí cantando as velhas."

Nós ainda o chamávamos de "menino Hirayama", apesar de ele ter agora pelo menos cinquenta anos. Porém o nome não parece inadequado uma vez que ele tem a idade mental de uma criança. Pelo que consigo me lembrar, foi criado pelas freiras católicas da missão, mas supostamente nasceu numa família chamada Hirayama. Antigamente, quando nosso bairro do prazer estava florescendo, o menino Hirayama sempre era visto sentado no chão perto da entrada do Migi-Hidari ou de algum bar vizinho. Como disse a sra. Kawakami, ele era bastante inofensivo e, de fato, nos anos anteriores e durante a guerra se tornou uma figura popular no bairro do prazer com suas músicas e imitação de discursos patrióticos.

Não sei com quem aprendera as músicas. Não havia mais de duas ou três em seu repertório, e ele só sabia um verso de cada uma. Mas as cantava com uma voz de potência considerável e, entre uma e outra, divertia os espectadores ficando lá parado, sorrindo para o céu, com as mãos no quadris, e gritava: "Esta cidade tem de dar a sua cota de sacrifício pelo Imperador! Alguns vão perder a vida! Alguns vão voltar triunfantes para um novo amanhecer!" — ou coisas assim. E as pessoas diziam: "O menino Hirayama pode não regular bem, mas tem a atitude certa. É japonês". Muitas vezes vi pessoas pararem para lhe dar dinheiro, ou então comprar algo para ele comer, e nessas ocasiões o rosto do idiota se iluminava com um sorriso. Sem dúvida, o menino Hirayama se fixou nessas músicas patrióticas por causa da atenção e da popularidade que elas lhe deram.

Ninguém se importava com idiotas naquela época. O que

deu nas pessoas para que se sentissem inclinadas a espancar esse homem? Podem não gostar das canções e dos discursos, mas muito provavelmente são as mesmas pessoas que um dia afagaram sua cabeça e o estimularam até que esses poucos trechos ficassem gravados em seu cérebro.

Mas como eu disse, há um clima diferente no país hoje em dia e as atitudes de Suichi provavelmente não são nada excepcionais. Talvez eu seja injusto ao atribuir ao jovem Miyake também essa amargura, mas diante do rumo que as coisas assumiram no presente, se alguém examinar qualquer coisa que é dita, é possível encontrar um traço da mesma amargura perpassando tudo. Pelo que sei, Miyake efetivamente falou aquelas palavras; talvez todos os homens da geração de Miyake e Suichi vieram a pensar e falar desse jeito.

Acho que já mencionei que ontem fui até o sul da cidade, ao bairro de Arakawa. Arakawa é a última parada do bonde da cidade que vai para o sul, e muita gente fica surpresa ao ver que a linha avança tanto nos subúrbios. De fato, é difícil pensar que Arakawa faz parte da mesma cidade, com ruas residenciais bem varridas, fileiras de bordos nas calçadas, as casas muito dignas, cada uma separada da outra e o ar geral de estar cercado por campo. Mas, para mim, as autoridades estavam certas em levar a linha do bonde até Arakawa; só pode ser bom para os moradores da cidade o fato de terem fácil acesso a um local mais calmo, menos cheio de gente. Nem sempre fomos assim bem servidos e me lembro como a sensação de enclausuramento que se tem numa cidade, sobretudo durante as semanas quentes do verão, era significativamente maior quando os trilhos de bonde atuais ainda não haviam sido assentados.

Acredito que foi em 1931 que as linhas presentes começaram

a operar, substituindo as linhas inadequadas que tanto haviam irritado os passageiros durante os trinta anos anteriores. Para alguém que não vivia aqui na época, talvez seja difícil imaginar o impacto que essas novas linhas tiveram em muitos aspectos da vida na cidade. Bairros inteiros pareceram mudar de personalidade da noite para o dia; parques sempre cheios de gente ficaram vazios; negócios estabelecidos há muito sofreram perdas severas.

Claro que alguns bairros se viram inesperadamente beneficiados, e dentre eles estava aquela área do outro lado da Ponte da Hesitação, que logo se transformaria em nosso bairro do prazer. Antes da nova linha de bondes, ali só havia umas poucas ruazinhas sem graça, com fileiras de casas de telhas de madeira. Ninguém naquela época considerava o lugar um bairro de verdade, e só era localizado quando diziam "a leste de Furukawa". O novo circuito de bondes, porém, significava que os passageiros que desembarcavam no terminal em Furukawa podiam chegar ao centro da cidade mais depressa a pé do que com uma segunda viagem, cheia de curvas, e o resultado foi um súbito afluxo de gente caminhando naquela área. O punhado de bares que já estava lá começou então, depois de anos de movimento medíocre, a crescer dramaticamente, enquanto se abriam novos, um atrás do outro.

O estabelecimento que viria a ser o Migi-Hidari era conhecido na época simplesmente como "o do Yamagata" — nome de seu proprietário, um velho soldado veterano —, e era o bar mais antigo do bairro. Era um lugar apagado naquela época, mas eu o havia frequentado regularmente desde que cheguei à cidade. Pelo que me lembro, foi só alguns meses depois da chegada das novas linhas de bonde que Yamagata viu o que estava acontecendo à sua volta e começou a formular suas ideias. Com a região destinada a se tornar um bairro totalmente dedicado à bebida, o seu estabelecimento — sendo o mais antigo e situado como estava em uma interseção de três ruas — iria naturalmente se tornar uma espécie de patriarca dos negócios locais. Em vista disso, ele previu que era sua responsabilidade expandir e reabrir em grande estilo. O comerciante do andar de cima estava disposto a vender, e o capital necessário podia ser levantado sem dificuldade. O maior impedimento, tanto no que dizia respeito a seu estabelecimento quanto ao bairro como um todo, era a atitude das autoridades municipais.

Nisso, Yamagata foi sem nenhuma dúvida correto. Porque isso se deu em 1933 ou 1934 — um momento improvável, como é possível lembrar, para se pensar no nascimento de um novo bairro do prazer. As autoridades vinham aplicando políticas duras para manter o lado mais frívolo da cidade sob controle e, de fato, no centro da cidade, muitos dos estabelecimentos mais decadentes estavam em processo de ter as portas fechadas. De início, portanto, não ouvi com muita simpatia as ideias de Yamagata. Só quando ele me contou que tipo de lugar tinha em mente foi que me impressionou o suficiente e prometi que faria tudo o que pudesse para ajudá-lo.

Acho que já mencionei o fato de que desempenhei um pequeno papel no surgimento do Migi-Hidari. Claro, não sendo um homem de posses, pouco eu podia fazer financeiramente. Mas naquela época minha reputação na cidade tinha crescido; pelo que me lembro, eu ainda não fazia parte do comitê de arte do Departamento de Estado, mas tinha muitos contatos pessoais lá e já me consultavam com frequência em questões de política. Assim, minha petição às autoridades em favor de Yamagata não deixou de ter certo peso.

"É intenção do proprietário", expliquei, "que o estabelecimento proposto seja uma celebração do novo espírito patriótico que emerge hoje no Japão. A decoração refletirá o novo espírito e qualquer cliente incompatível com tal espírito será convidado com firmeza a se retirar. Além disso, é intenção do proprietário que o estabelecimento seja um local onde os artistas plásticos e escritores da cidade, cujas obras melhor reflitam o novo espírito, possam se reunir e beber em grupo. A respeito deste último ponto, eu próprio me assegurei do apoio de vários colegas, entre eles o pintor Masayuki Harada; o dramaturgo Misumi; os jornalistas Shigeo Otsuji e Eiji Nastuki — todos eles, como devem saber, criadores de obras inflexivelmente leais a sua Majestade Imperial, o Imperador."

Prossegui e apontei como esse negócio, dada a sua dominância no bairro, seria um meio ideal para garantir que um tom desejável predominasse na área.

"De outra forma", alertei, "temo estarmos nos deparando com o crescimento de mais um bairro caracterizado exatamente pelo tipo de decadência que estamos fazendo o máximo possível para combater e que, sabemos, tanto enfraquece a fibra de nossa cultura."

As autoridades responderam não simplesmente com aquiescência, mas com um entusiasmo que me surpreendeu. Suponho que tenha sido mais um desses exemplos em que nos surpreendemos ao nos dar conta de que somos tidos em bem maior estima do que supúnhamos. Porém eu nunca fui alguém que se preocupa com questões de estima, e não foi por isso que o advento do Migi-Hidari me deu tanta satisfação pessoal; meu orgulho foi mais por ver confirmado algo que eu vinha defendendo fazia algum tempo — que o novo espírito do Japão não era incompatível com divertimento; ou, em outras palavras, que não havia razão para que a busca do prazer tivesse de seguir de mãos dadas com a decadência.

Assim, uns dois anos e meio depois da chegada das novas linhas de bonde, o Migi-Hidari abriu as portas. A reforma tinha sido habilidosa e vasta, de forma que qualquer pessoa que caminhasse por ali depois do anoitecer dificilmente deixaria de notar a fachada brilhantemente iluminada com numerosas lanternas, grandes e pequenas, penduradas dos beirais e acima da entrada principal; havia também aquele enorme cartaz iluminado suspenso da cumeeira com o novo nome do bar contra um fundo de botas do exército marchando em formação.

Uma noite, logo depois da abertura, Yamagata me levou para dentro, disse para eu escolher minha mesa favorita, e declarou que dali em diante estava reservada para meu uso exclusivo. Suponho que, primordialmente, isso era em reconhecimento ao pequeno serviço que eu havia prestado a ele. Mas, por outro lado, é claro que sempre fui um dos melhores clientes de Yamagata.

De fato, eu frequentava o bar de Yamagata havia mais de vinte anos antes de sua transformação cm Migi-Hidari. Não realmente por qualquer escolha deliberada de minha parte — como eu disse, tratava-se de um lugar sem nada de especial —, mas quando cheguei a esta cidade, ainda jovem, morava em Furukawa e por acaso o lugar de Yamagata ficava perto.

Talvez seja difícil visualizar como Furukawa era um lugar feio naquela época. Na verdade, se você é novo na cidade, o que falo do bairro de Furukawa provavelmente evoca o parque que lá existe hoje e os pessegueiros pelos quais é famoso. Mas quando cheguei à cidade — em 1913 — a área era cheia de fábricas e depósitos pertencentes a empresas menores, muitos abandonados ou descuidados. As casas eram velhas e maltratadas, e só morava em Furukawa quem só podia pagar os aluguéis mais baixos.

Meu quarto era pequeno, no sótão da casa de uma velha senhora que morava com o filho solteiro, e bem inconveniente para minhas necessidades. Como não havia eletricidade, eu era obrigado a pintar à luz do lampião de óleo; mal havia espaço para montar o cavalete, e eu não tinha como evitar manchar de tinta as paredes e o tatame; muitas vezes eu acordava a velha ou seu filho quando passava a noite trabalhando; e, pior de tudo, o teto do sótão era baixo demais para que eu pudesse ficar em pé totalmente, de forma que muitas vezes eu trabalhava durante horas quase agachado, e batia continuamente a cabeça nas vigas. Mas, por outro lado, naquela época eu estava tão contente de ter sido aceito na empresa Takeda e de ganhar minha vida como artista que pouco me importava com essas condições infelizes.

Durante o dia, claro, eu não trabalhava em meu quarto, mas no "estúdio" de mestre Takeda, que também ficava em Furuka-wa, uma sala comprida em cima de um restaurante — de fato, longa o suficiente para nós quinze armarmos nossos cavaletes enfileirados. O teto, embora mais alto que em meu quarto do sótão, cedera consideravelmente no centro, de forma que sempre que entrávamos na sala brincávamos que tinha baixado mais alguns centímetros desde o dia anterior. Havia janelas ao longo de toda a sala e estas deviam nos dar uma boa luz para trabalhar; porém, de alguma forma, os raios de sol que entravam eram sempre duros demais e faziam a sala parecer uma cabine de navio. O outro problema com o lugar era o fato de que o dono do restaurante do andar de baixo não permitia que ficássemos depois das seis da tarde, quando seus clientes começavam a chegar. "Vocês parecem um rebanho de gado lá em cima", ele dizia. Não tínhamos, portanto, outra alternativa senão continuar nosso trabalho em nossas respectivas acomodações.

Talvez eu deva explicar que não havia a menor chance de completar nosso cronograma sem trabalhar à noite. A empresa Takeda se orgulhava de sua capacidade de fornecer um alto número de pinturas a curto prazo; de fato, mestre Takeda nos fez entender que, se deixássemos de cumprir nosso prazo a tempo de o navio deixar o porto, depressa perderíamos futuras encomendas para empresas rivais. O resultado era que trabalhávamos nos horários mais árduos, até tarde da noite, e ainda nos sentíamos culpados no dia seguinte por estarmos atrasados com o prazo. Muitas vezes, com a data de entrega chegando, não era incomum que todos nós vivêssemos com apenas duas ou três horas de sono por noite, para pintar o tempo inteiro. Às vezes, se várias encomendas entravam uma depois da outra, enfrentávamos nosso dia a dia tontos de exaustão. Mas, apesar de tudo isso, não me lembro de termos nunca deixado de completar uma encomenda no prazo, e creio que isso dá uma indicação do domínio que mestre Takeda tinha sobre nós.

Quando eu estava com mestre Takeda fazia já um ano, um novo artista se juntou à empresa. Era Yasunari Nakahara, nome que duvido signifique muita coisa para você. Na verdade, não há motivo para você ter cruzado com esse nome, porque ele nunca adquiriu fama nenhuma. O máximo que acabou por conseguir foi um posto de professor de pintura numa escola de ensino médio no bairro de Yuyama, poucos anos antes da guerra — posto, me disseram, que conserva até hoje, uma vez que as autoridades não veem razão para substituí-lo, como fizeram com tantos de seus colegas professores. Eu próprio me lembro dele como "o Tartaruga", nome que lhe foi dado durante aqueles dias na empresa Takeda e que passei a usar afetuosamente durante toda nossa amizade.

Ainda tenho comigo uma pintura do Tartaruga — um autorretrato pintado não muito depois dos tempos de Takeda. Mostra um rapaz magro de óculos, sentado em mangas de camisa num quarto sombrio e apertado, cercado por cavaletes e mobília bamba, o rosto banhado de um lado pela luz que vem da janela. A seriedade e a timidez escritas no rosto são certamente fiéis ao homem de que me lembro, e sob esse aspecto o Tartaruga foi incrivelmente honesto; para alguém que olhasse o retrato, ele poderia certamente ser tomado por um daqueles tipos que você empurra de lado por um lugar no bonde. Mas na época cada um de nós, ao que parece, tinha suas vaidades. Se a discrição do Tartaruga o impedia de disfarçar sua natureza tímida, não o impedia de atribuir a si mesmo uma espécie de ar altivo, intelectual — do qual eu, por exemplo, não me lembro nada. Mas, para ser justo, não me lembro de nenhum colega que pudesse pintar um autorretrato com absoluta honestidade; por maior que seja a precisão com que se preencha os detalhes da superfície do reflexo no espelho, a personalidade representada raramente chega perto da verdade que os outros veem.

O Tartaruga ganhou esse apelido porque, ao se juntar à empresa no meio de uma encomenda particularmente exigente, ele produzia apenas duas ou três telas no tempo em que os outros de nós terminávamos seis ou sete. De início, sua lentidão foi atribuída à inexperiência e o apelido era usado apenas pelas suas costas. Mas com o passar das semanas, como seu ritmo não melhorou, a antipatia por ele cresceu. Logo se tornou lugar-comum as pessoas o chamarem de "Tartaruga" na cara dele, e embora ele soubesse que o nome não era nada afetuoso, lembro que tentou o máximo possível acreditar que fosse. Por exemplo, se alguém chamava do outro lado da sala comprida: "Ei, Tartaruga, ainda está pintando aquela pétala que começou na semana passada?", ele fazia um esforço para rir como se concordasse com a piada. Lembro que meus colegas sempre atribuíam essa aparente incapacidade de se defender dignamente ao fato de que Tartaruga era do bairro de Negishi; porque naquela época, como ainda hoje, predomina o mito bastante injusto de que todos que são dessa parte da cidade invariavelmente crescem fracos e submissos.

Lembro que uma manhã, quando mestre Takeda saiu da sala um momento, dois colegas meus foram até o cavalete do Tartaruga e o questionaram por sua lentidão. Meu cavalete não ficava longe do dele, de forma que vi claramente a expressão em seu rosto quando respondeu:

"Peço que tenham paciência comigo. Meu maior desejo é aprender com vocês, meus colegas superiores, como produzir tão depressa obra de tamanha qualidade. Dei o máximo de mim nessas últimas semanas para pintar mais rápido, mas infelizmente fui forçado a abandonar vários quadros porque a falta de qualidade devida à minha pressa era tão grande que eu arruinaria o alto padrão da nossa empresa. Mas vou fazer todo o possível para melhorar meu pobre rendimento aos seus olhos. Peço que me perdoem e tenham um pouco mais de paciência."

O Tartaruga repetiu esse pedido duas ou três vezes, enquanto aqueles que o atormentavam insistiam no ataque, acusavam-no de preguiça e de confiar no resto de nós para fazer sua cota de trabalho. Nessa altura, quase todos nós tínhamos parado de pintar e estávamos reunidos em torno dele. Acho que foi depois de ver que os acusadores começaram a ofender o Tartaruga com termos especialmente ásperos, e quando vi que nenhum de meus outros colegas faria nada além de assistir com uma espécie de fascínio, que eu dei um passo à frente e disse:

"Agora basta, não veem que estão falando com alguém que tem integridade artística? Se um pintor se recusa a sacrificar a qualidade em favor da pressa, isso é uma coisa que devemos todos respeitar. Vocês serão tolos se não puderem perceber isso."

Claro que isso é coisa de muitos anos atrás e não posso jurar que foram essas minhas palavras exatas naquela manhã. Mas falei de algum modo em defesa do Tartaruga, disso tenho toda a certeza; porque me lembro distintamente da gratidão e do alívio no rosto com que o Tartaruga olhou para mim, e dos olhares perplexos de todos os outros presentes. Eu mesmo havia conquistado respeito considerável entre meus colegas — porque minha produção era inquestionável, fosse em termos de qualidade ou quantidade —, e acredito que minha intervenção pôs fim à provação do Tartaruga, ao menos pelo resto daquela manhã.

Você pode talvez pensar que estou assumindo muito crédito ao relatar esse pequeno episódio; afinal, a questão que eu levantava em defesa do Tartaruga me parece muito óbvia — questão que se pode pensar que ocorreria a qualquer um a respeito da arte séria. Mas é preciso lembrar o clima daquela época no estúdio de mestre Takeda — a sensação que havia entre nós de que estávamos todos batalhando juntos contra o tempo para preservar a reputação duramente conquistada da empresa. Tínhamos também plena consciência de que o ponto essencial em todo tipo de coisas que éramos encarregados de pintar — gueixas, cerejeiras, carpas nadando, templos — era que parecessem "japonesas" para os estrangeiros a quem eram despachadas, e todos os detalhes mais finos de estilo provavelmente não eram notados. Portanto não creio que esteja cobrando um crédito indevido por minha pessoa quando jovem, ao sugerir que minhas ações nesse dia foram a manifestação de uma qualidade pela qual passei a ser muito respeitado em anos posteriores — a capacidade de pensar e julgar por mim mesmo, ainda que isso significasse ir contra o movimento dos que me rodeavam. Resta o fato, sem dúvida, de que fui o único a defender o Tartaruga aquela manhã.

Embora o Tartaruga tenha conseguido me agradecer por essa pequena intervenção e por outros atos de apoio, o ritmo daqueles dias era tal que se passou algum tempo antes que pudéssemos conversar com calma e alguma intimidade. Na verdade, acho que quase dois meses tinham se passado desde aquele incidente, quando finalmente houve uma certa pausa em nosso ritmo frenético. Eu estava passeando nos jardins do templo Tamagawa, como sempre fazia quando encontrava algum tempo livre, e vi o Tartaruga sentado num banco ao sol, aparentemente dormindo.

Continuo um entusiasta dos jardins do Tamagawa e concordaria que os arbustos e as fileiras de árvores que lá se encontram hoje podem de fato fornecer uma atmosfera mais adequada a um lugar de veneração. Mas sempre que vou lá agora, fico nostálgico me lembrando de como eram os jardins antes. Naquela época, antes dos arbustos e das árvores, o jardim parecia muito mais extenso e cheio de vida; espalhadas pela extensão aberta de verde, viam-se barracas que vendiam doces e balões, espetáculos de mágicos e ilusionistas; os jardins Tamagawa eram também um lugar a que se ia para tirar fotografias, e ninguém andava muito por ali sem cruzar com um fotógrafo instalado com seu tripé e capa escura. A tarde em que encontrei lá o Tartaruga era um domingo de começo da primavera e o lugar todo estava ocupado com pais e filhos. Ele acordou com um sobressalto quando cheguei e me sentei a seu lado.

"Ora, Ono-san!", exclamou, o rosto iluminado. "Que sorte encontrar você hoje. Ora, há poucos instantes eu falei para mim mesmo que se eu tivesse ao menos um dinheirinho sobrando, comprava alguma coisa para Ono-san, como mostra de gratidão por sua bondade comigo. Mas no momento só posso comprar coisa barata e isso seria um insulto. Então, enquanto isso, Ono--san, permita que eu agradeça de coração tudo o que tem feito por mim."

"Não fiz nada de mais", eu disse. "Só falei o que pensava algumas vezes, só isso."

"Mas sinceramente, Ono-san, homens como você são muito raros. É uma honra ser colega de uma pessoa assim. Por mais que nossos caminhos se separem no futuro, vou sempre lembrar de sua gentileza."

Lembro-me de ouvir por muito tempo mais seus elogios a minha coragem e minha integridade. Então eu disse: "Faz algum tempo que estou querendo falar com você. Sabe, andei pensando e acho que vou deixar o mestre Takeda em breve".

O Tartaruga me olhou, perplexo. Então, comicamente, olhou em torno como se temesse que alguém tivesse me escutado.

"Tenho tido muita sorte", continuei. "Meu trabalho chamou a atenção do pintor e gravador Seiji Moriyama. Claro que você já ouviu falar dele."

Ainda olhando para mim, o Tartaruga assentiu com a cabeça.

"O sr. Moriyama", falei, "é um artista *de verdade*. Muito provavelmente, um dos grandes. Tive a sorte excepcional de receber a atenção e o conselho dele. Na verdade, a opinião dele é que, se continuar com mestre Takeda, meu dom vai sofrer um prejuízo irreparável, então ele me convidou para ser aluno dele."

"É mesmo?", meu companheiro perguntou, preocupado.

"E, sabe de uma coisa, quando estava passeando pelo parque agora mesmo, pensei comigo: 'Claro, o sr. Moriyama está absolutamente certo. Não há nada de errado no fato de o resto daqueles burros de carga se esforçarem sob as ordens do mestre Takeda para ganhar a vida. Mas aqueles de nós que têm ambições sérias precisam procurar em outras partes'."

Nesse ponto, dei ao Tartaruga um olhar significativo. Ele continuou a me encarar, um ar intrigado surgiu em sua expressão.

"Se me permite, eu tomei a liberdade de mencionar seu nome ao sr. Moriyama", eu disse. "Na verdade, afirmei que você era uma exceção entre os meus colegas atuais. Só você entre todos eles tem talento real e aspirações reais."

"Sinceramente, Ono-san", ele caiu na risada, "como pôde dizer uma coisa dessas? Sei que quer ser bom comigo, mas isso já é ir longe demais."

"Já decidi aceitar a gentil oferta do sr. Moriyama", continuei. "E insisto que me permita mostrar seu trabalho para ele. Com sorte, também pode ser convidado para ser seu aluno."

O Tartaruga olhou para mim com o rosto aflito.

"Mas, Ono-san, o que está dizendo?", falou em voz baixa. "Mestre Takeda me aceitou por recomendação do conhecido mais respeitável de meu pai. E ele realmente demonstrou muita tolerância, apesar de todos os meus problemas. Como posso ser tão desleal a ponto de ir embora depois de poucos meses?" Então, de repente, o Tartaruga pareceu perceber o peso de suas palavras e acrescentou depressa: "Mas claro, Ono-san, que não estou de jeito nenhum insinuando que *você* é desleal. As circunstâncias são diferentes no seu caso. Eu jamais pretenderia...". Ele se desmanchou num riso envergonhado. Depois, com um esforço, controlou-se e perguntou: "Falou a sério que vai deixar o mestre Takeda, Ono-san?".

"Na minha opinião", eu disse, "o mestre Takeda não merece a lealdade de gente como você e eu. Lealdade tem de ser conquistada. Dão valor demais à lealdade. Muitas vezes os homens falam de lealdade e seguem cegamente. Eu, por exemplo, não quero levar uma vida assim."

Claro que essas podem não ser as palavras exatas que usei aquela tarde no templo Tamagawa; porque tive ocasião de contar essa cena específica muitas vezes antes, e é inevitável que, ao repetir, as histórias comecem a ganhar vida própria. Mas mesmo que eu não tenha me expressado tão sucintamente ao Tartaruga aquele dia, acho que se pode admitir que essas palavras que atribuí a mim representam bem exatamente a minha atitude e determinação naquele momento da minha vida.

Aliás, um lugar onde fui obrigado a contar e recontar as histórias da época que passei na empresa Takeda foi em torno da mesa do Migi-Hidari; meus alunos pareciam ser todos fascinados por ouvir sobre esse começo da minha carreira — talvez porque estivessem naturalmente interessados em saber o que seu professor fazia na idade deles. De qualquer forma, o tópico de meus dias com mestre Takeda vinha à tona com frequência nessas noites.

"Não foi uma experiência tão ruim", me lembro de dizer a eles uma vez. "Me ensinou algumas coisas importantes."

"Desculpe, sensei", acredito que foi Kuroda quem se inclinou sobre a mesa para dizer isso, "mas acho difícil acreditar que um lugar como esse que o senhor descreveu possa ensinar qualquer coisa de útil a um artista."

"É, sensei", disse outra voz, "conte para a gente o que um lugar como esse pode ter ensinado ao senhor. Parece mais uma empresa que fabrica caixas de papelão."

Era assim que as coisas aconteciam no Migi-Hidari. Eu podia estar conversando com alguém e, assim que me faziam uma pergunta interessante, todos interrompiam suas conversas e um círculo de rostos se formava à minha volta esperando minha resposta. Era como se nunca conversassem entre eles sem um ouvido aberto para mais um ensinamento que eu pudesse lhes dar. Isso não quer dizer que não fossem críticos; muito pelo contrário, era um grupo de jovens brilhantes, e ninguém ousava dizer nada sem antes pensar a respeito.

"Trabalhar no Takeda me ensinou uma importante lição no começo da minha vida", eu disse a eles. "Que embora seja certo respeitar os professores, é sempre importante questionar a autoridade deles. A experiência Takeda me ensinou a nunca acompanhar cegamente a multidão, mas ponderar cuidadosamente a direção em que somos levados. E se há uma coisa que tento encorajar todos vocês a fazerem é ficar acima do movimento das coisas. Se pôr acima das influências indesejáveis e decadentes que nos inundaram e tanto fizeram para enfraquecer a fibra de nossa nação nos últimos dez, quinze anos." Sem dúvida eu estava um pouco bêbado e soava bem grandioso, mas nossas reuniões em torno daquela mesa de canto eram desse jeito.

"É verdade, sensei", disse alguém, "nós todos temos de lembrar disso. Temos todos de fazer um esforço para ficar acima das influências."

"E acho que nós aqui em torno desta mesa", continuei,

"temos o direito de nos orgulhar de nós mesmos. O grotesco e a frivolidade têm sido dominantes ao nosso redor. Mas agora finalmente um espírito mais fino, mais viril, está emergindo no Japão, e vocês aqui são parte dele. De fato, é meu desejo que continuem e venham a ser reconhecidos como nada menos que a ponta de lança do espírito novo. Na verdade" — e nessa altura eu estaria me dirigindo não apenas àqueles em torno da mesa, mas a todos os que ouviam em volta — "este lugar onde nos reunimos é um testemunho do novo espírito emergente, e todos nós aqui temos o direito de nos orgulhar."

Frequentemente, quando a bebida nos alegrava, estranhos se reuniam em torno da nossa mesa para participar de nossas discussões e discursos, ou simplesmente ouvir e absorver a atmosfera. Em geral, meus alunos até se dispunham a ouvir, embora, claro, se algum chato ou alguém com pontos de vista desagradáveis se impusesse, eles depressa o expulsavam. Mas apesar de toda a gritaria e dos discursos que avançavam noite adentro, era raro haver brigas de verdade no Migi-Hidari, pois todos nós que frequentávamos o lugar estávamos unidos pelo mesmo espírito essencial; isso quer dizer que o estabelecimento realizou tudo aquilo que Yamagata desejava: o bar representava uma coisa ótima e ali se podia ficar bêbado com orgulho e dignidade.

Em algum lugar desta casa eu tenho uma pintura de Kuroda, o mais talentoso de meus alunos, representando uma dessas noites no Migi-Hidari. Seu título é *O espírito patriótico*, título que poderia sugerir uma obra mostrando soldados em marcha ou algo assim. Claro que a opinião de Kuroda era de que um espírito patriótico começava em algum lugar anterior, na rotina de nossas vidas diárias, nos lugares onde bebíamos e com quem convivíamos. Foi o tributo dele — porque acreditava nessas coisas então — ao espírito do Migi-Hidari. O quadro, pintado a óleo, mostra diversas mesas e assimila grande parte do colorido e da decoração do lugar — mais notavelmente, as frases e os cartazes patrióticos pendurados da guarda do balcão superior. Abaixo dos cartazes, os clientes estão reunidos em torno das mesas conversando, enquanto em primeiro plano uma garçonete de quimono passa apressada com uma bandeja de drinques. É um bom quadro, que capta com muita precisão a atmosfera ruidosa, no entanto de alguma forma orgulhosa e respeitável do Migi-Hidari. E sempre que olho para ele hoje, ainda me traz certa satisfação lembrar que eu — com qualquer que fosse a influência que conquistara nesta cidade — fui capaz de desempenhar um pequeno papel em fazer existir tal lugar.

Hoje em dia, com muita frequência, nas noites na sra. Kawakami me vejo recordando o Migi-Hidari e os velhos tempos. Porque há alguma coisa no bar da sra. Kawakami, quando Shintaro e eu somos os únicos clientes, alguma coisa no fato de sentarmos ao balcão debaixo das luminárias baixas, que nos põe num clima nostálgico. Podemos estar discutindo sobre alguém do passado, sobre o quanto esse sujeito era capaz de beber, ou alguma mania engraçada que tinha. Então, logo tentamos fazer a sra. Kawakami lembrar do homem, e, em nossas tentativas de sacudir sua memória, vamos nos lembrando de mais e mais coisas divertidas a respeito dele. Anteontem à noite, depois de darmos risada justamente por causa de um desses conjuntos de reminiscências, a sra. Kawakami disse, como sempre fazia nessas ocasiões: "Bom, não me lembro do nome, mas com certeza eu reconheceria a cara".

"É bem verdade, Obasan", eu disse, lembrando, "ele nunca foi um cliente de verdade aqui. Sempre bebia do outro lado da rua."

"Ah, sei, no lugar grande. Mesmo assim, se eu encontrar, sou capaz de reconhecer esse homem. Mas, por outro lado, quem sabe? As pessoas mudam tanto. De vez em quando, vejo alguém na rua, penso que conheço e que devia cumprimentar. Mas quando olho de novo não tenho tanta certeza."

"Ora, Obasan", disse Shintaro, "outro dia mesmo, cumprimentei uma pessoa na rua achando que era alguém que eu conhecia. Mas o homem evidentemente achou que eu era um maluco. Foi embora sem responder!"

Shintaro pareceu achar essa história engraçada e riu muito alto. A sra. Kawakami sorriu, mas não aderiu à risada dele. Então, voltou-se para mim e disse:

"Sensei, tem de tentar convencer seus amigos a voltar para este lado. Na verdade, cada vez que a gente vê um rosto de antigamente, devia parar e dizer para vir aqui para este lugarzinho. Assim podemos começar a reconstruir os velhos tempos."

"Ora, é uma ótima ideia, Obasan", eu disse. "Vou tentar me lembrar de fazer isso. Vou parar as pessoas na rua e dizer: 'Me lembro de você dos velhos tempos. Você era cliente regular do nosso bairro. Bom, você pode pensar que tudo acabou, mas está enganado. A sra. Kawakami ainda está lá, como sempre, e as coisas vão aos poucos sendo reconstruídas'."

"Isso mesmo, sensei", disse a sra. Kawakami. "Diga para eles que estão fazendo falta. Aí os negócios vão melhorar. Afinal de contas, é dever do sensei trazer de volta a velha turma. Todo mundo sempre considerou o sensei o verdadeiro líder aqui."

"Bem pensado, Obasan", disse Shintaro. "Nos velhos tempos, se um nobre via seus cavaleiros espalhados depois de uma batalha, ele logo saía para reunir todos de volta. O sensei está numa posição semelhante."

"Que bobagem", eu disse, rindo.

"Isso mesmo, sensei", continuou a sra. Kawakami, "vá encontrar todo o pessoal antigo e dizer para eles voltarem. Depois de algum tempo, compro a casa vizinha e abrimos um grandioso lugar como antigamente. Bem como era aquele lugar grande."

"É verdade, sensei", Shintaro disse ainda. "Um nobre precisa reunir seus homens outra vez."

"Ideia interessante, Obasan", disse eu, concordando com a cabeça. "E você sabe, o Migi-Hidari foi um lugar pequeno um dia. Não maior que este aqui. Mas depois, com o tempo, conseguimos fazer com que ficasse como era. Bom, talvez seja preciso fazer a mesma coisa outra vez com este seu bar aqui. Agora as coisas estão assentando um pouco, é preciso que volte o velho hábito."

"Você podia trazer todos os seus amigos pintores para cá, sensei", disse a sra. Kawakami. "Aí, não demora muito, todos os jornalistas vêm atrás."

"Ideia interessante. Provavelmente conseguimos que aconteça. Só tenho uma dúvida, Obasan. A senhora talvez não consiga controlar um lugar tão grande. Nós não íamos querer que saísse do seu domínio."

"Bobagem", disse a sra. Kawakami com ar ofendido. "Se o sensei andar depressa e fizer a sua parte, vai ver como as coisas dão certo por aqui."

Recentemente tivemos conversas como essa diversas vezes. E quem pode dizer que o velho bairro não voltará mais? Gente como a sra. Kawakami e eu tende a fazer piada a respeito, mas por trás da brincadeira há um fiapo de otimismo sério. "Um nobre precisa reunir seus homens." E talvez devesse. Talvez quando o futuro de Noriko estiver definido de uma vez por todas eu passe a considerar a sério os esquemas da sra. Kawakami.

Acho que devo mencionar aqui que encontrei meu antigo protegido, Kuroda, apenas uma vez desde o fim da guerra. Foi bem por acaso, numa manhã chuvosa, durante o primeiro ano da ocupação — antes que o Migi-Hidari e todos aqueles outros prédios fossem demolidos. Eu estava indo para algum lugar, passando pelo que restara de nosso velho bairro do prazer e via por baixo do guarda-chuva aqueles esqueletos do que sobrara. Lembro que havia operários por ali naquele dia, de forma que de início não dei atenção à figura parada, a olhar para um dos prédios queimados. Só quando passei por ele foi que me dei conta de que a figura havia se virado e olhava para mim. Parei, olhei em torno e, através da chuva que pingava de meu guarda-chuva, vi, com um estranho choque, Kuroda olhando para mim sem expressão.

Debaixo de seu guarda-chuva, ele estava sem chapéu e com uma capa escura. Os edifícios calcinados atrás dele pingavam e o resto de algum esgoto fazia uma grande quantidade de água espirrar não longe dele. Lembro que passou entre nós um caminhão cheio de operários dos prédios. E notei que uma das varetas do guarda-chuva dele estava quebrada, produzindo mais goteiras bem ao lado de seu pé.

O rosto de Kuroda, que era todo redondo antes da guerra, estava encovado nas maçãs do rosto e rugas pesadas tinham se formado na direção do queixo e do pescoço. Pensei comigo, ali parado: "Ele não é mais jovem".

Ele mexeu a cabeça muito ligeiramente. Eu não tinha certeza se aquilo era o começo de uma curvatura, ou se ele só estava ajeitando a cabeça para escapar da água que pingava do guarda-chuva quebrado. Então, ele deu as costas e se afastou na direção oposta.

Mas não era minha intenção me deter sobre Kuroda aqui. De fato, eu nem sequer pensaria nele se seu nome não tivesse vindo à baila tão inesperadamente mês passado, quando me encontrei por acaso com o dr. Saito no bonde.

Foi na tarde em que finalmente levei Ichiro para assistir seu filme de monstro — passeio que lhe tinha sido negado no dia anterior pela teimosia de Noriko. Na verdade, meu neto e eu fomos sozinhos, Noriko se recusou a ir e Setsuko mais uma vez se ofereceu para ficar em casa. Claro que era apenas infantilidade da parte de Noriko, mas Ichiro tinha sua própria interpretação do comportamento das mulheres. Quando nos sentamos para almoçar nesse dia, ele disse:

"Tia Noriko e mamãe não vão. É muito assustador para mulheres. Elas iam ficar com muito medo, não é, Oji?"

"É, eu acho que sim, Ichiro."

"Iam ficar com muito medo. Tia Noriko, você ia ficar com muito medo de assistir o filme, não ia?"

"Ah, ia, sim", disse Noriko e fez uma cara assustada.

"Até o Oji está com medo. Olhe, dá para ver que o Oji está com medo. E ele é homem."

Nessa tarde, enquanto eu esperava na porta de entrada de casa para sairmos para o cinema, vi uma cena curiosa entre Ichiro e sua mãe. Enquanto Setsuko amarrava as sandálias dele, vi que meu neto tentava continuamente dizer alguma coisa para ela. Mas quando Setsuko dizia: "O que foi, Ichiro, não consigo escutar", ele olhava raivoso, e dava um olhar de relance para mim, para ver se eu tinha escutado. Por fim, quando as sandálias estavam calçadas, Setsuko se curvou para Ichiro poder sussurrar em seu ouvido. Ela então balançou a cabeça e desapareceu dentro da casa, voltou um momento depois com uma capa que dobrou e entregou a ele.

"Não deve chover", observei, olhando para a entrada. De fato, estava um belo dia lá fora.

"Mesmo assim", Setsuko disse, "Ichiro gostaria de levar a capa com ele."

Fiquei intrigado com a insistência pela capa. Então, quando estávamos ao sol, descendo o morro na direção do ponto do bonde, notei o passo com que Ichiro caminhava — como se a capa em seu braço o transformasse em alguém como Humphrey Bogart — e concluí que era tudo uma imitação de algum de seus heróis dos quadrinhos.

Acho que estávamos quase no sopé do morro quando Ichiro declarou em voz alta: "Oji, você era um artista famoso".

"Eu acho que sim, Ichiro."

"Pedi para tia Noriko me mostrar os quadros do Oji. Mas ela não mostrou."

"Hum. Estão todos guardados no momento."

"Tia Noriko é desobediente, não é, Oji? Falei para ela me mostrar os quadros. Por que ela não mostra?"

Ri e respondi: "Não sei, Ichiro. Talvez ela esteja ocupada com alguma coisa".

"Ela é desobediente."

Dei outra risada e disse: "Acho que é, Ichiro".

O ponto do bonde ficava a dez minutos a pé de nossa casa. Descendo o morro para o rio, depois um trechinho pelo novo aterro de concreto, a linha para o norte encontra a rua logo depois do local do novo plano habitacional. Naquela tarde ensolarada do mês passado, meu neto e eu embarcamos ali para o centro da cidade, e foi nessa viagem que encontramos o dr. Saito.

Percebo agora que até aqui falei muito pouco da família Saito, cujo filho mais velho está atualmente envolvido em conversas de casamento com Noriko. Os Saito são, enfim, um tipo de pretendentes muito diferente dos Miyake no ano passado. Os Miyake eram, claro, pessoas bem decentes, mas não podiam ser chamados honestamente de uma família de prestígio, enquanto a família Saito, sem exagero, é exatamente isso. Na realidade, embora o dr. Saito e eu não nos conhecêssemos propriamente antes, eu sempre soube de suas atividades no mundo das artes e, durante anos, sempre que nos encontrávamos na rua trocávamos saudações polidas para confirmar nossa familiaridade com a reputação um do outro. Mas é claro que, quando nos encontramos mês passado, as coisas ficaram muito diferentes.

O bonde só fica cheio depois que atravessa o rio pela ponte

de metal na frente da estação Tanibashi, e assim, quando o dr. Saito embarcou uma parada depois da nossa, ele pôde se sentar num lugar vazio a meu lado. Inevitavelmente, a conversa começou pouco à vontade, uma vez que as negociações estavam num estágio inicial, delicado, e não parecia adequado discuti-las abertamente; mas, por outro lado, seria absurdo fingir que não estavam acontecendo. Por fim, nós dois elogiamos os méritos de "nosso amigo comum, sr. Kyo" — o intermediário da proposta — e o dr. Saito observou com um sorriso: "Vamos esperar que os esforços dele nos levem a nos encontrarmos de novo em breve". E isso foi o mais próximo que chegamos de tocar no assunto. Não pude deixar de notar o marcante contraste entre a maneira segura com que o dr. Saito reagiu a uma situação ligeiramente incômoda e o jeito nervoso e canhestro com que a família Miyake conduzira as coisas do começo ao fim no ano anterior. Qualquer que fosse o resultado, é tranquilizador tratar com gente como a família Saito.

Fora isso, falamos sobretudo de coisas sem importância. O dr. Saito tem modos cálidos, alegres, e quando se inclinou para perguntar se Ichiro estava gostando da visita e sobre o filme que íamos assistir, meu neto não mostrou nenhuma inibição em conversar com ele.

"Ótimo menino", o dr. Saito me disse, aprovando.

Foi pouco antes de seu ponto — ele já havia posto o chapéu na cabeça outra vez — que o dr. Saito observou: "Temos outro conhecido comum. Um certo sr. Kuroda".

Olhei para ele, um pouco surpreso. "O sr. Kuroda", repeti. "Ah, sem dúvida deve ser o mesmo cavalheiro que supervisionei durante uma época."

"Isso mesmo. Encontrei com ele recentemente, e ele mencionou o seu nome."

"É mesmo? Faz algum tempo que não encontro com ele.

Com certeza não desde a guerra. Como está o sr. Kuroda? O que ele anda fazendo?"

"Acredito que ele esteja para assumir um posto na nova faculdade Uemachi, onde vai ensinar pintura. Foi assim que nos conhecemos. A faculdade gentilmente me consultou sobre a nomeação."

"Ah, então conhece bem o sr. Kuroda."

"Na verdade, não. Mas espero estar mais com ele no futuro".

"É mesmo?", disse eu. "Então o sr. Kuroda ainda se lembra de mim. Bondade dele."

"É, de fato. Ele mencionou seu nome quando estávamos discutindo alguma coisa. Não tive oportunidade de conversar com ele mais longamente. Mas vou encontrar com ele de novo, e mencionarei que nos encontramos".

"Ah, claro."

O bonde estava atravessando a ponte de metal e as rodas faziam um forte ruído. Ichiro, que estava ajoelhado em seu banco para olhar pela janela, apontou alguma coisa na água. O dr. Saito voltou-se para olhar, trocou mais algumas palavras com Ichiro, e se pôs de pé porque seu ponto se aproximava. Fez uma última alusão aos "esforços do sr. Kyo" antes de se curvar e ir para a saída.

Como sempre, muita gente embarcou na parada depois da ponte e o resto da viagem foi bem desconfortável. Quando descemos em frente ao cinema, vi o cartaz exposto com destaque na entrada. Meu neto tinha conseguido uma boa aproximação em seu desenho de dois dias antes, embora não houvesse fogo no cartaz; o que Ichiro lembrara eram linhas de impacto — que pareciam traços de luz — que o artista pintara para enfatizar a ferocidade do lagarto gigantesco.

Ichiro foi até o cartaz e deu uma ruidosa gargalhada.

"É fácil ver que é um monstro de mentira", ele disse, apontando. "Qualquer um pode ver isso. É só de mentira." E riu novamente.

"Ichiro, por favor, não ria tão alto. Está todo mundo olhando para você."

"Não dá para não rir. O monstro parece tão falso. Quem vai ter medo de uma coisa dessas?"

Foi só quando estávamos sentados lá dentro e o filme começara que descobri a verdadeira finalidade da capa de chuva. Com dez minutos de projeção ouvimos uma música impressionante e na tela apareceu uma caverna escura com névoa girando dentro dela. Ichiro sussurrou: "Está chato. Pode me dizer quando acontecer alguma coisa interessante?". E cobriu a cabeça com a capa. Um momento depois, ouviu-se um rugido e o lagarto gigante saiu da caverna. A mão de Ichiro estava agarrada a meu braço, e, quando olhei para ele, segurava a capa no lugar com a outra mão, o mais firme possível.

Ele continuou com a cabeça coberta pela capa durante quase todo o filme. De vez em quando, sacudia meu braço e uma voz perguntava de baixo da capa: "Ainda não ficou interessante?". Eu então era obrigado a descrever em sussurros o que havia na tela até aparecer uma pequena abertura na capa. Mas minutos depois — ao menor indício de que o monstro ia reaparecer — a abertura se fechava e a voz dele dizia: "Está chato. Não esqueça de me dizer quando ficar interessante".

Quando voltamos para casa, porém, Ichiro estava cheio de entusiasmo pelo filme. "Melhor filme que eu já vi", ele insistia e ainda dava a sua versão quando nos sentamos para jantar.

"Tia Noriko, quer que eu conte o que aconteceu depois? Fica muito assustador. Quer que eu conte?"

"Estou ficando tão assustada, Ichiro, que mal consigo comer", disse Noriko.

"Estou avisando, fica ainda mais assustador. Conto mais?"

"Ah, não tenho certeza, Ichiro. Você já me assustou tanto."

Não era minha intenção começar uma conversa pesada à mesa do jantar com a menção ao dr. Saito, mas ao mesmo tempo não seria natural deixar de mencionar nosso encontro ao relatar os acontecimentos do dia. Então, quando Ichiro pausou um momento, eu disse: "A propósito, encontramos o dr. Saito no bonde. Ele ia visitar alguém".

Quando eu disse isso, minhas duas filhas pararam de comer e olharam para mim, surpresas.

"Mas não falamos de nada importante", disse eu, com um pequeno riso. "Realmente. Só falamos de banalidades, só isso."

Minhas filhas não pareceram convencidas, mas começaram a comer de novo. Noriko olhou para a irmã mais velha e Setsuko perguntou: "O dr. Saito está bem?".

"Parece que sim."

Comemos em silêncio por algum tempo. Talvez Ichiro tenha começado a falar do filme outra vez. Em todo caso, foi um pouco depois da refeição que falei:

"Uma coisa curiosa. Acontece que o dr. Saito conheceu um antigo aluno meu. O Kuroda, na verdade. Parece que Kuroda vai assumir um posto na nova faculdade."

Ergui os olhos de minha tigela e vi que minhas filhas haviam parado de comer outra vez. Estava claro que tinham acabado de trocar olhares e foi como uma daquelas vezes no mês passado, quando eu tinha a nítida impressão de que, em algum momento, elas haviam discutido algo a meu respeito.

Nessa noite, minhas filhas e eu estávamos sentados à mesa outra vez, lendo jornais e revistas, quando fomos incomodados por batidas surdas que vinham ritmadamente de algum lugar dentro da casa. Noriko ergueu os olhos, alarmada, mas Setsuko disse:

"É só o Ichiro. Ele faz isso quando não consegue dormir."

"Coitado do Ichiro", disse Noriko. "Acho que ele vai continuar sonhando com o monstro. Foi muita maldade do papai levar o menino para assistir um filme desses."

"Bobagem", eu disse. "Ele adorou."

"Acho que papai é que queria ver o filme", Noriko disse, sorrindo, para a irmã. "Coitado do Ichiro. Ser arrastado para um filme horrível desses."

Setsuko olhou para mim, embaraçada. "Foi muita gentileza do papai levar o Ichiro", ela murmurou.

"Mas agora ele não consegue dormir", disse Noriko. "Ridículo levar o menino num filme desses. Não, fique aqui, Setsuko. Eu vou."

Setsuko esperou a irmã sair da sala e disse:

"Noriko é tão boa com crianças. Ichiro sente falta dela quando vamos para casa."

"É, de fato."

"Ela sempre foi boa com crianças. Lembra, papai, como ela fazia aquelas brincadeiras com os filhos pequenos dos Kinoshita?"

"Lembro, sim", eu disse, rindo. E acrescentei: "Os meninos Kinoshita hoje estão grandes demais para querer vir até aqui".

"Ela sempre foi boa com crianças", Setsuko repetiu. "Que triste ver que chegou até essa idade e ainda não casou."

"É verdade. A guerra chegou num mau momento para ela."

Por algum tempo, continuamos nossa leitura. Então Setsuko disse:

"Que coincidência encontrar o dr. Saito no bonde hoje à tarde. Ele parece um cavalheiro admirável."

"E é mesmo. O que todos dizem é que o filho é bem digno do pai."

"É mesmo?", Setsuko falou, pensativa.

Voltamos à leitura durante mais alguns momentos. Então minha filha quebrou o silêncio outra vez.

"E o dr. Saito conhece o sr. Kuroda?"

"Só ligeiramente", eu disse, sem levantar os olhos do jornal. "Parece que se encontraram em algum lugar."

"Imagino como o sr. Kuroda está hoje em dia. Lembro que ele sempre vinha aqui e vocês ficavam horas conversando na sala de visitas."

"Não faço ideia de como Kuroda está atualmente."

"Desculpe, mas eu me pergunto se não seria interessante papai visitar o sr. Kuroda em breve."

"Fazer uma visita?"

"Ao sr. Kuroda. E talvez alguns outros conhecidos do passado."

"Não sei se estou entendendo o que quer dizer, Setsuko."

"Desculpe, eu simplesmente quis sugerir que papai possa querer conversar com certos conhecidos do passado. Quer dizer, antes do detetive dos Saito. Afinal, não queremos que surja nenhum desentendimento desnecessário."

"Não, creio que não", eu disse, e voltei ao jornal.

Acho que não discutimos o assunto depois disso. Nem Setsuko falou disso outra vez durante o resto de sua estada no mês passado.

Ontem, quando peguei o bonde para Arakawa, o carro estava cheio do luminoso sol de outono. Fazia algum tempo que não ia até Arakawa — na verdade, desde o final da guerra —, e, quando olhei pela janela, notei muitas mudanças no que antes tinha sido uma paisagem familiar. Ao passar por Tozaka-cho e Sakae-machi, vi blocos de apartamentos pairando acima das pequenas casas de madeira de que me lembrava antes. Então, ao passar pelos fundos das fábricas de Minamimachi, vi como muitas delas estavam abandonadas; um pátio de fábrica atrás do outro, com restos de madeira empilhados de qualquer jeito, placas velhas de metal corrugado e muita coisa que parecia ser apenas entulho.

Mas depois, quando o bonde atravessa o rio na ponte da Corporação THK, a atmosfera muda dramaticamente. Você viaja em meio a campos e árvores e não demora muito até que o subúrbio de Arakawa fique visível ao pé de uma longa encosta íngreme onde termina a linha. O bonde seguirá devagar encosta abaixo, então se deterá e, ao desembarcar naquelas calçadas varridas, você terá a nítida sensação de ter deixado a cidade para trás.

Ouvi dizer que Arakawa escapou totalmente dos bombardeios; e, de fato, ontem o lugar parecia como sempre fora. Uma breve caminhada para cima de um morro, agradavelmente sombreado por cerejeiras, me levou à casa de Chishu Matsuda, e ali também nada havia mudado.

A casa de Matsuda, não tão grande e cheia de excentricidades como a minha, é uma típica casa sólida e respeitável das que se encontram em Arakawa. Fica em terreno próprio, circundado por uma cerca de tábuas, a distância razoável das propriedades vizinhas: no portão, há um arbusto de azaleias e um grosso poste fincado no chão com as inscrições familiares. Apertei a campainha e me atendeu uma mulher de cerca de quarenta anos que não reconheci. Ela me levou à sala de visitas, onde abriu as divisões da varanda para entrar o sol e me deu um relance do jardim lá fora. Então me deixou, dizendo: "O sr. Matsuda vem em um instante".

Conheci Matsuda quando vivia na casa de campo de Seiji Moriyama, para onde o Tartaruga e eu tínhamos ido ao sair da empresa Takeda. Na verdade, no dia em que Matsuda foi à casa de campo pela primeira vez, eu já devia estar morando lá fazia uns seis anos. Tinha chovido a manhã inteira e alguns de nós passávamos o tempo a beber e a jogar cartas em uma das salas. Então, pouco depois do almoço, quando acabamos de abrir mais uma grande garrafa, ouvimos a voz de um estranho chamando no jardim.

A voz era forte e segura e todos nos calamos e olhamos uns para os outros, em pânico. Pois o fato era que todos pensamos a mesma coisa — que a polícia tinha vindo nos repreender. Claro que era uma ideia absolutamente irracional, pois não tínhamos cometido nenhum crime. E se alguém questionasse, digamos, nosso estilo de vida durante uma conversa num bar, qualquer um de nós seria capaz de nos defender vigorosamente. Mas aquela voz firme que chamava "Alguém em casa?" nos pegou desprevenidos, levando-nos a trair nossa sensação de culpa pelas noites de bebedeira, por passarmos dormindo muitas manhãs, pelo jeito como vivíamos uma vida sem rotina numa casa de campo decadente.

Então passaram-se alguns momentos até que um de meus companheiros, mais próximo da porta de tela, a abrisse para trocar algumas palavras com a pessoa, depois voltar e dizer: "Ono, um cavalheiro quer falar com você".

Saí à varanda e encontrei um jovem de traços finos mais ou menos da minha idade, parado no meio do grande pátio quadrado. Conservei uma viva imagem dessa primeira vez que vi Matsuda. A chuva tinha parado e o sol saíra. Ao redor dele, havia poças d'água e folhas molhadas, caídas dos carvalhos que davam para a casa de campo. Ele estava vestido com muita elegância para ser policial; o sobretudo era bem cortado, com a gola alta levantada, e usava o chapéu de lado sobre os olhos de uma maneira um tanto zombeteira. Quando saí, ele olhava em torno, interessado, e havia algo no modo como fazia isso que imediatamente me sugeriu, naquela primeira vez em que o vi, a natureza arrogante de Matsuda. Ele me viu e veio sem pressa até a varanda.

"Sr. Ono?"

Perguntei o que podia fazer por ele. Ele se virou, olhou em volta outra vez, depois sorriu para mim.

"Lugar interessante. Deve ter sido uma casa grandiosa um dia. Pertencente a algum nobre."

"É fato."

"Sr. Ono, meu nome é Chishu Matsuda. Na verdade, nós nos correspondemos. Eu trabalho para a Sociedade Okada-Shingen."

A Sociedade Okada-Shingen hoje não existe mais — uma das muitas vítimas das forças de ocupação —, mas muito possivelmente você já ouviu falar dela, ou pelo menos da exposição que realizava todos os anos, até a guerra. A exposição Okada-Shingen foi, durante algum tempo, o principal meio nesta cidade para um artista emergente na pintura e na gravura conquistar reconhecimento público. De fato, sua reputação era tal que, em seus últimos anos, a maior parte dos principais artistas da cidade expunha lá suas últimas obras, ao lado da obra dos talentos mais novos. Foi por causa dessa exposição que a Sociedade Okada-Shingen havia me escrito algumas semanas antes da tarde da visita de Matsuda.

"Fiquei um pouco curioso com sua resposta, sr. Ono", disse Matsuda. "Então achei melhor aparecer e descobrir sobre o que é isso tudo."

Olhei para ele friamente e disse: "Acredito que esclareci tudo o que era necessário em minha carta de resposta. Porém foi muita gentileza sua me procurar".

Um ligeiro sorriso apareceu em torno de seus olhos. "Sr. Ono", disse, "me parece que está deixando passar uma importante oportunidade de aumentar sua reputação. Então, por favor, me diga, quando insiste que não quer nada conosco, essa é a sua opinião pessoal? Ou é o que seu professor determinou?"

"Naturalmente procurei o conselho de meu professor. Tenho plena confiança de que a decisão comunicada em minha carta recente é a mais correta. Foi muita bondade sua vir até aqui, mas infelizmente estou ocupado neste momento e não posso convidar que entre. Portanto, vou lhe desejar um bom dia."

"Um momento, por favor, sr. Ono", disse Matsuda, o sorriso

ainda mais zombeteiro. Ele deu mais alguns passos, chegou até a varanda e ergueu os olhos para mim. "Para ser franco, não estou interessado na exposição. Há muitos outros dignos dela. Eu vim até aqui, sr. Ono, porque queria conhecer o senhor."

"É mesmo? Bondade sua."

"É, sim. Queria dizer que fiquei impressionado com o que vi de seu trabalho. Acredito que tem muito talento."

"O senhor é muito gentil. Sem dúvida, muito devo à orientação excelente de meu professor."

"Sem dúvida. Agora, sr. Ono, vamos esquecer dessa exposição. O senhor deve entender que eu não trabalho apenas como uma espécie de secretário da Okada-Shingen. Eu sou um verdadeiro amante das artes. Tenho minhas crenças e paixões. E quando encontro ocasionalmente um talento que realmente me estimula, então sinto que devo fazer alguma coisa a respeito. Gostaria muito de discutir algumas ideias, sr. Ono. Ideias que podem nunca ter ocorrido ao senhor, mas que modestamente sugiro que podem ser benéficas para o seu desenvolvimento como artista. Mas não vou tomar mais o seu tempo no momento. Permita ao menos que deixe meu cartão."

Tirou um cartão da carteira, deixou-o na beira da varanda; depois, com uma breve curvatura, foi embora. Mas antes que chegasse à metade do pátio, voltou-se e disse para mim: "Por favor, pense no meu pedido com cuidado, sr. Ono. Eu quero apenas discutir algumas ideias com o senhor, nada mais".

Isso foi há quase trinta anos, quando éramos ambos jovens e ambiciosos. Ontem, Matsuda parecia um homem muito diferente. O corpo alquebrado pela má saúde, e seu rosto, um dia bonito e arrogante, distorcido por um maxilar inferior que parece não se alinhar mais com o superior. A mulher que atendeu a porta o trouxe à sala e o ajudou a sentar. Quando estávamos sozinhos, Matsuda olhou para mim e disse:

"Você parece que conservou bem a sua saúde. Quanto a mim, como vê, deteriorei ainda mais desde nosso último encontro."

Expressei minha consideração, mas disse que ele não estava tão mal assim.

"Não tente me enganar, Ono", ele disse, sorrindo. "Eu sei exatamente o quanto estou enfraquecendo. Parece que não há muita coisa a fazer. Tenho só de esperar e ver se meu corpo se recupera ou se continua piorando. Mas já basta de assuntos tristonhos. Isto é uma surpresa, você me visitar de novo. Acho que não nos separamos nos melhores termos."

"É mesmo? Mas eu não me lembro de termos discutido."

"Claro que não. Por que iríamos discutir? Fico contente que tenha vindo me ver de novo. Deve fazer três anos desde que nos vimos pela última vez."

"Acho que sim. Nunca tive a intenção de evitar você. Já faz algum tempo que estava pensando em fazer uma visita. Mas com uma coisa e outra…"

"Claro", disse ele. "Você tem de cuidar de muita coisa. Deve me perdoar, claro, por não ter comparecido ao funeral de Michiko-san. Pensei em escrever para expressar minhas desculpas. O fato é que só fiquei sabendo do que tinha ocorrido muitos dias depois. E então, claro, minha saúde…"

"Claro, claro. Na verdade, eu tenho certeza de que ela ficaria constrangida com a ostentação de uma grande cerimônia. Em todo caso, ela devia saber que seus pensamentos estavam com ela."

"Lembro quando você e Michiko-san se conheceram." Ele deu uma risada, balançou a cabeça para si mesmo. "Fiquei muito contente por você aquele dia, Ono."

"É fato", eu disse, rindo também. "Você foi sob todos os aspectos o nosso intermediário. Aquele seu tio simplesmente não conseguia dar conta do recado."

"Tem razão", disse Matsuda, sorrindo, "você está me fazendo lembrar de tudo. Ele ficava tão envergonhado, não conseguia falar nem fazer nada sem corar até ficar escarlate. Lembra daquele encontro de casamento no hotel Yanagimachi?"

Nós dois rimos. Então eu disse:

"Você fez muito por nós. Duvido que tivesse dado certo sem você. Michiko sempre pensou em você com gratidão."

"Que coisa cruel", disse Matsuda, com um suspiro. "E com a guerra quase terminando. Ouvi dizer que foi um ataque fora dos padrões."

"De fato. Quase ninguém mais foi ferido. Foi como você disse, uma coisa cruel."

"Mas estou despertando lembranças terríveis, desculpe."

"Não se preocupe. É de algum modo confortador lembrar dela com você. Porque assim me lembro dela nos velhos tempos."

"É mesmo."

A mulher trouxe o chá. Quando estava pondo a bandeja na mesa, Matsuda lhe disse: "Srta. Suzuki, este é um velho colega meu. Nós já fomos muito próximos".

Ela se virou e fez uma curvatura.

"A srta. Suzuki é ao mesmo tempo minha governanta e enfermeira", disse Matsuda. "Ela é responsável pelo fato de eu ainda estar respirando."

A srta. Suzuki deu uma risada, curvou-se de novo e saiu.

Durante alguns minutos depois da saída dela, Matsuda e eu ficamos sentados em silêncio, os dois olhando por entre as portas de correr que a srta. Suzuki tinha aberto. De onde eu estava, podia ver um par de sandálias de palha, deixadas ao sol da varanda. Mas não conseguia ver o jardim em si, e por um momento me vi tentado a levantar e sair para a varanda. Mas me dei conta de que Matsuda ia querer me acompanhar e teria dificuldade para isso, então fiquei sentado, pensando comigo se o jardim estava como era antes. Pelo que lembrava, o jardim de Matsuda, embora pequeno, era arranjado com muito gosto: uma base de musgo liso, algumas árvores pequenas podadas e um tanque profundo. Sentado ali com Matsuda, ouvi um ocasional ruído de água vindo de fora, e estava a ponto de perguntar se ainda tinha carpas, quando ele falou:

"Eu não estava exagerando quando disse que a srta. Suzuki é responsável pela minha vida. Ela tem sido fundamental em mais de uma ocasião. Sabe, Ono, apesar de tudo, eu consegui conservar algumas economias e bens. O resultado é que tive condições de contratar alguém. Outros não tiveram a mesma sorte. Não sou exatamente rico, mas se souber que um colega está em dificuldades, farei todo o possível para ajudar. Afinal, não tenho filhos para quem deixar meu dinheiro."

Eu ri. "O mesmo velho Matsuda. Tão direto. É bondade sua, mas não foi isso que me trouxe aqui. Eu também consegui conservar os meus bens."

"Ah, fico contente de ouvir isso. Você se lembra de Nakane, o diretor da Faculdade Imperial Minami? Nos vemos de vez em quando. Hoje em dia ele é pouco mais que um mendigo. Claro que tenta manter as aparências, mas vive exclusivamente de dinheiro emprestado."

"Que terrível."

"Aconteceram algumas coisas muito injustas", disse Matsuda. "Porém nós dois conseguimos conservar nossos bens. E você ainda tem mais razão para ser grato, Ono. Parece ter conservado a sua saúde."

"De fato", eu disse. "Tenho muito a agradecer."

Mais uma vez, ouvi o som de água no tanque lá fora e me ocorreu que podiam ser pássaros se banhando na beira do tanque.

"O som do seu jardim é muito diferente do meu", observei. "Só de ouvir posso dizer que estamos fora da cidade."

"É mesmo? Mal consigo me lembrar do som da cidade. Esta tem sido a extensão do meu mundo esses anos todos. Esta casa e este jardim."

"Efetivamente, eu vim, sim, pedir um favor. Mas não como você insinuou antes."

"Vejo que se ofendeu", ele disse, balançando a cabeça. "Você é o mesmo de sempre."

Nós dois rimos. Então ele disse: "Então, o que posso fazer por você?".

"O fato é que Noriko, minha filha mais nova, está nesse momento envolvida em discussões de casamento."

"É mesmo?"

"Para falar a verdade, estou um pouco preocupado. Já tem vinte e seis anos. A guerra dificultou as coisas para ela. Senão, sem dúvida, já estaria casada agora."

"Acho que me lembro da srta. Noriko. Mas era só uma menininha. Vinte e seis anos já. Como você disse, a guerra dificultou as coisas, até mesmo para os mais promissores."

"Ela quase se casou ano passado", eu disse, "mas as negociações se interromperam no último momento. Eu gostaria de saber, já que estamos no assunto, se alguém procurou você ano passado a respeito de Noriko? Não quero ser impertinente, mas…"

"Nada impertinente, entendo muito bem. Não, nunca falei com ninguém. Mas eu estava muito doente essa época no ano passado. Se algum detetive apareceu, a srta. Suzuki sem dúvida mandou embora."

Concordei com a cabeça e disse: "É possível que alguém venha procurar você este ano".

"Ah! Bom, só tenho as melhores coisas a dizer a seu respeito. Afinal, um dia nós fomos bons amigos."

"Fico muito grato."

"Foi bom você ter aparecido assim", disse ele. "Mas no que

concerne ao casamento da srta. Noriko era completamente desnecessário. Podemos não ter nos separado nos melhores termos, mas coisas assim não devem pesar entre nós. Naturalmente, eu só diria as melhores coisas a seu respeito."

"Não duvido", eu disse. "Você sempre foi um homem generoso."

"Porém, se isso nos aproximou outra vez, fico contente."

Com algum esforço, Matsuda estendeu a mão e começou a encher de novo nossas xícaras. "Desculpe, Ono", disse ele afinal, "mas você ainda parece inquieto sobre alguma coisa."

"Pareço?"

"Desculpe se falo tão sem rodeios, mas o fato é que muito em breve a srta. Suzuki vai me alertar que tenho de me retirar de novo. Não posso conversar com hóspedes por períodos prolongados, nem mesmo velhos colegas."

"Claro, eu sinto muito. Que grande indelicadeza a minha."

"Não seja ridículo, Ono. Você não pode ir ainda. Eu falei nisso porque se você veio aqui para falar de alguma coisa em particular, é melhor falar logo." De repente, ele caiu na risada e disse: "Realmente, você parece horrorizado com minhas maneiras".

"Absolutamente. É muita indelicadeza minha. Mas a verdade é que vim mesmo apenas para falar do projeto de casamento da minha filha."

"Entendo."

"Mas acho", continuei, "que era minha intenção mencionar certas condições. Sabe, as atuais negociações podem ser de natureza bem delicada. Eu ficaria extremamente grato se respondesse qualquer pergunta que possa ser feita a você com delicadeza."

"Claro." Ele estava olhando para mim, e havia um toque de humor em seus olhos. "Com absoluta delicadeza."

"Principalmente, eu quero dizer, com relação ao passado."

"Mas eu já disse", Matsuda falou e sua voz ficara um pouco

mais fria, "que só tenho as melhores coisas a falar a seu respeito no passado."

"Claro."

Matsuda ficou olhando para mim por um momento, depois suspirou.

"Eu praticamente não saí desta casa durante os últimos três anos", disse ele. "Mas ainda fico de ouvidos atentos para o que está acontecendo neste nosso país. Sei bem que existem agora aqueles que condenariam pessoas como você e eu pelas mesmas coisas que um dia nos orgulhamos de conseguir. E creio que é por isso que está preocupado, Ono. Você acha que talvez eu elogie você por coisas que talvez fosse melhor esquecer."

"Nada disso", me apressei a dizer. "Você e eu temos muito do que nos orgulhar. É que, simplesmente no que diz respeito a essas negociações de casamento, é preciso levar em conta a delicadeza da situação. Mas você me deixou tranquilo. Sei que vai exercer seu bom juízo como sempre."

"Farei o meu melhor", disse Matsuda. "Mas, Ono, nós dois temos do que nos orgulhar. Não dê importância ao que as pessoas dizem hoje em dia. Não demora muito, mais alguns anos, e gente como nós vai poder erguer a cabeça de novo pelo que tentamos fazer. Simplesmente espero viver o suficiente para isso. Meu desejo é ver os esforços de minha vida reconhecidos."

"Claro. Eu sinto a mesma coisa. Mas a respeito das negociações de casamento…"

"Naturalmente", Matsuda interrompeu, "farei o melhor possível para manter a delicadeza."

Eu me curvei e ficamos em silêncio um momento. Então, ele disse:

"Mas me diga uma coisa, Ono, se você está preocupado com o passado, suponho que esteja visitando alguns outros daquela época?"

"Na verdade, você é o primeiro que procurei. Não faço ideia de onde estão muitos dos velhos amigos daquele tempo."

"E Kuroda? Ouvi dizer que ele mora na cidade."

"É mesmo? Não tenho contato com ele desde... desde a guerra."

"Se está preocupado com o futuro da srta. Noriko, talvez seja melhor procurar Kuroda, por mais doloroso que seja."

"De fato. É que simplesmente não faço ideia de onde ele esteja."

"Entendo. Esperemos que o detetive deles também não faça ideia de onde encontrar Kuroda. Mas às vezes esses detetives podem ser cheios de recursos."

"É verdade."

"Ono, você parece mortalmente pálido. E parecia tão saudável quando chegou. É nisso que dá ficar numa sala com um homem doente."

Eu ri e disse: "De jeito nenhum. É que os filhos podem ser uma grande preocupação".

Matsuda suspirou de novo e disse: "Às vezes, me dizem que eu perdi muita coisa na vida porque nunca me casei e tive filhos. Mas quando olho em torno, filhos parecem não trazer mais que preocupação".

"Não está muito longe da verdade."

"No entanto", disse ele, "seria reconfortante pensar que se tem filhos para quem deixar os bens."

"De fato."

Minutos depois, como Matsuda havia previsto, a srta. Suzuki entrou e disse alguma coisa a ele. Matsuda sorriu e falou, com resignação:

"Minha enfermeira veio me buscar. Claro que você é bem-vindo para ficar o quanto quiser. Mas tem de me desculpar, Ono."

Mais tarde, enquanto eu esperava no terminal o bonde que

me levaria pela íngreme encosta acima até a cidade, senti certo conforto em lembrar da segurança de Matsuda de que teria "apenas as melhores coisas a dizer do passado". Claro, eu podia ter razoável confiança nisso sem ter ido visitá-lo. Mas, por outro lado, é sempre bom restabelecer o contato com velhos colegas. No fim das contas, a viagem a Arakawa ontem certamente valeu a pena.

ABRIL DE 1949

Três ou quatro noites por semana, ainda me vejo descendo o caminho para o rio e a pontezinha de madeira que alguns que viviam aqui antes da guerra ainda conhecem como a Ponte da Hesitação. Nós a chamamos assim porque até pouco tempo atrás, ao atravessá-la, você era levado ao nosso bairro do prazer, onde homens de consciência pesada — era o que diziam — podiam ser vistos vagando, hesitando entre o divertimento noturno ou voltar para suas esposas em casa. Mas se às vezes sou visto nessa ponte, pensativo, debruçado no parapeito, não estou hesitando. Simplesmente gosto de parar ali ao pôr do sol, observar minha vizinhança e as mudanças que ocorrem à minha volta.

Grupos de novas casas apareceram junto ao pé da encosta que acabo de descer. E mais adiante, ao longo da margem do rio, onde um ano atrás só havia mato e lama, uma corporação imobiliária está construindo blocos de apartamentos para seus futuros funcionários. Mas ainda estão longe de ficar prontos, e, quando o sol está baixo sobre o rio, podem até ser confundidos com as ruínas dos bombardeios que se encontram em certas partes desta cidade.

Mas essas ruínas se tornam cada vez mais escassas a cada semana; na verdade, talvez seja preciso ir para o norte, até o bairro de Wakamiya, ou então à área seriamente atingida entre Honcho e Kasugamachi para encontrá-las agora em alguma quantidade. Mas apenas um ano atrás, sei bem que ruínas de bombardeio ainda eram comuns por toda a cidade. Por exemplo, a área do outro lado da Ponte da Hesitação — aquela área onde ficava nosso bairro do prazer — nessa época do ano passado ainda era um deserto de entulho. Mas agora o trabalho progride com uniformidade todos os dias. Na frente do bar da sra. Kawakami, onde um dia se atropelavam os buscadores de prazer, constroem agora uma ampla rua de concreto e, ao longo de ambos os lados, os alicerces de fileiras de grandes prédios de escritórios.

Creio que na noite em que a sra. Kawakami me informou, não faz muito tempo, que uma corporação tinha proposto comprar seu bar por uma soma generosa, eu já tinha aceitado havia tempos que mais cedo ou mais tarde ela teria de fechar as portas e mudar.

"Não sei o que vou fazer", ela me disse. "Seria terrível sair daqui depois de todo esse tempo. Não dormi a noite inteira pensando nisso. Mas, por outro lado, sensei, quando pensei nisso, disse para mim mesma, bom, agora que Shintaro-san não vem mais, sensei é o único cliente confiável que me resta. Realmente eu não sei o que fazer."

Eu sou, de fato, o único cliente de verdade dela hoje em dia; Shintaro não deu mais as caras no bar da sra. Kawakami desde aquele pequeno episódio do inverno passado — sem dúvida falta-lhe coragem para me encarar. Creio que isso foi ruim para a sra. Kawakami, que não tinha nada a ver com a história.

Foi numa noite do último inverno, enquanto bebíamos juntos como fazíamos na época, que Shintaro mencionou sua ambição de conseguir um posto de professor em uma das novas escolas de ensino médio. Ele então revelou que já tinha se candidatado a várias dessas posições. Claro que nessa época já fazia muitos anos que Shintaro tinha sido meu aluno e não havia razão para ele ter me consultado para esses assuntos; eu tinha plena consciência de que havia outros agora — seu empregador, por exemplo — muito mais adequados para recomendá-lo para o cargo. No entanto, confesso que fiquei um tanto surpreso de ele não ter me contado nada a respeito de suas pretensões. E então, quando Shintaro apareceu em minha casa naquele dia de inverno, logo depois do Ano-Novo, e o encontrei parado a rir nervosamente em meu portão, ele disse: "Sensei, é uma grande impertinência minha aparecer aqui assim", senti algo parecido com alívio, como se as coisas estivessem voltando a um estado mais familiar.

Acendi um braseiro na sala de visitas e nos sentamos ambos em volta, aquecendo as mãos. Notei alguns flocos de neve que derretiam no sobretudo que Shintaro ainda vestia e perguntei:

"Começou a nevar de novo?"

"Só um pouquinho, sensei. Nada como hoje de manhã."

"Desculpe estar tão frio aqui. Acho que é a sala mais fria da casa."

"Nada disso, sensei. As minhas salas são muito mais frias." Ele sorriu contente e esfregou as mãos acima do carvão. "Bondade sua me receber assim. Sensei tem sido muito bom comigo esses anos todos. Não consigo nem calcular tudo o que fez por mim."

"Não fiz nada, Shintaro. Na verdade, acho que às vezes eu até abandonei você nos velhos tempos. Então se posso de alguma forma redimir minha negligência, mesmo tanto tempo depois, eu gostaria de saber."

Shintaro riu e continuou a esfregar as mãos. "Realmente, sensei, você diz as coisas mais absurdas. Nunca vou conseguir nem calcular o que fez por mim."

Olhei para ele um momento e falei: "Então me diga, Shintaro, o que eu posso fazer por você?".

Ele olhou para mim com ar surpreso e deu risada de novo.

"Desculpe, sensei. Eu estava me sentindo tão confortável aqui que quase esqueci o motivo de vir incomodar você desse jeito."

Ele me disse que estava muito otimista com sua candidatura à escola de ensino médio Higashimachi; fontes confiáveis o tinham levado a acreditar que o viam de forma muito favorável.

"Porém, sensei, parece haver só um ou dois pequenos pontos em que o comitê está ainda um pouco insatisfeito."

"Ah?"

"É, sensei. Talvez eu deva ser franco. Os pequenos pontos de que falo são a respeito do passado."

"Do passado?"

"Isso mesmo, sensei." Nessa altura, Shintaro deu um riso nervoso. Depois, com esforço, continuou: "Você deve saber, sensei, que nada é maior que o respeito que tenho por você. Aprendi muito com o sensei e vou continuar tendo orgulho de nossa amizade".

Concordei com a cabeça e esperei que ele continuasse.

"O fato é, sensei, que eu ficaria muito grato se pudesse escrever ao comitê só para confirmar algumas coisas que eu disse."

"E que tipo de coisas são essas, Shintaro?"

Shintaro deu outra risada e estendeu as mãos sobre o braseiro outra vez.

"Simplesmente para satisfazer o comitê, sensei. Nada mais. Você deve lembrar, sensei, como houve um tempo em que tivemos motivos para discordar. Sobre a questão do meu trabalho durante a crise da China."

"A crise da China? Acho que não me lembro de termos brigado, Shintaro."

"Desculpe, sensei, talvez seja exagero meu. Nunca diria que foi uma briga. Mas de fato eu tive a indiscrição de expressar minha discordância. Quer dizer, resisti às suas sugestões sobre meu trabalho."

"Desculpe, Shintaro, não me lembro a que você se refere."

"Sem dúvida uma questão tão trivial não ficaria na memória do sensei. Mas, por outro lado, é de alguma importância para mim nessa ocasião. Vai se lembrar melhor se eu falar da festa daquela noite, a festa para comemorar o noivado do sr. Ogawa. Foi nessa mesma noite — acho que estávamos no hotel Hamabara —, talvez eu tenha bebido um pouco demais e tive a grosseria de expressar minha posição a você."

"Tenho uma vaga lembrança dessa noite, mas não posso dizer que me lembre com clareza. Mesmo assim, Shintaro, o que um pequeno desentendimento como esse tem a ver com agora?"

"Desculpe, sensei, mas acontece que o assunto passou a ter algum significado. O comitê é obrigado a ter certeza de certas coisas. Afinal, precisa dar satisfações às autoridades americanas…" Shintaro se calou, nervoso. Então disse: "Eu imploro, sensei, tente lembrar desse pequeno desentendimento. Grato como eu era — e ainda sou — pela riqueza das coisas que aprendi sob a sua supervisão, de fato eu nem sempre concordei com sua posição. Na verdade, pode não ser exagero meu dizer que tinha fortes reservas quanto ao direcionamento que nossa escola tomou naquela época. Você deve lembrar, por exemplo, que, apesar de acabar aceitando suas instruções sobre os cartazes da crise chinesa, eu tinha reservas e, de fato, cheguei ao ponto de manifestar minha opinião a você".

"Os cartazes da crise chinesa", eu disse, pensando comigo. "É, me lembro dos cartazes agora. Foi uma época crucial para a nação. Um momento de parar com a indecisão e resolver o que queríamos. Pelo que me lembro, você trabalhou bem e nós todos ficamos orgulhosos do seu trabalho."

"Mas deve lembrar, sensei, que eu tinha sérias reservas quanto ao trabalho que você queria que eu fizesse. Se lembrar bem, eu expressei abertamente minha discordância naquela noite no hotel Hamabara. Desculpe, sensei, por preocupar você com um assunto tão trivial."

Acho que fiquei em silêncio por alguns instantes. Devo ter me levantado nessa hora, porque quando falei em seguida, me lembro de estar parado na sala, do lado oposto ao dele, perto das portas da varanda.

"Você quer que eu escreva uma carta para o seu comitê", eu disse por fim, "dissociando você da minha influência. É esse o seu pedido?"

"Nada disso, sensei. Está equivocado. Estou, como sempre, orgulhoso de ser associado ao seu nome. É só que a respeito da campanha dos cartazes da China, se o comitê puder ter certeza..."

Ele se calou outra vez. Abri a porta de correr, apenas o suficiente para haver uma fresta. O ar frio soprou para dentro da sala, mas por alguma razão isso não me preocupou. Olhei pela fresta, além da varanda, para o jardim. A neve caía em lentos flocos flutuantes.

"Shintaro", eu disse, "por que você não encara simplesmente o passado? Você ganhou muito prestígio na época de sua campanha com os cartazes. Muito prestígio e muitos elogios. O mundo pode ter outra opinião sobre seu trabalho agora, mas não é preciso mentir a esse respeito."

"É verdade, sensei", disse Shintaro. "Entendo sua posição. Mas, para voltar ao assunto, eu ficaria muito grato se escrevesse ao comitê a respeito dos cartazes sobre a crise com a China. Na verdade, tenho aqui comigo o nome e o endereço do presidente do comitê."

"Shintaro, por favor me escute."

"Sensei, com todo o respeito, sou sempre muito grato por seu conselho e conhecimento. Mas, neste momento, sou um homem na metade da minha carreira. É muito bom refletir e ponderar quando se está aposentado. Mas acontece que eu vivo num mundo frenético e tenho de cuidar de uma ou duas coisas se quiser pegar esse posto, que sob todos os outros aspectos já é meu. Sensei, eu imploro, por favor, pense na minha posição."

Eu não respondi, continuei a olhar a neve que caía em meu jardim. Atrás de mim, ouvi Shintaro se pondo de pé.

"Aqui está o nome e o endereço, sensei. Se me permite, vou deixar aqui. Ficarei muito grato se pensar no assunto quando tiver um tempinho."

Houve uma pausa, durante a qual, suponho, ele esperou para ver se eu me virava e permitia que ele se retirasse com alguma dignidade. Eu continuei olhando o jardim. Apesar de cair constantemente, a neve havia coberto só muito ligeiramente os arbustos e galhos. Na verdade, enquanto eu olhava, uma brisa agitou um galho de bordo e fez cair quase toda a neve. Só a lanterna de pedra nos fundos do jardim tinha uma camada substancial de branco sobre ela.

Ouvi Shintaro pedir licença e deixar a sala.

Talvez possa parecer que eu fui desnecessariamente duro com Shintaro naquele dia. Mas quando se pensa no que vinha ocorrendo nas semanas imediatamente anteriores a essa visita dele, sem dúvida é compreensível que eu tenha sido tão pouco receptivo aos seus esforços de escapar de suas responsabilidades. Porque, na verdade, a visita de Shintaro ocorreu apenas poucos dias depois do *miai* de Noriko.

As negociações em torno da proposta de casamento de Noriko com Taro Saito tinham progredido a contento durante todo o último outono; houve uma troca de fotografias em outubro e em seguida recebemos a informação, via sr. Kyo, nosso intermediário, de que o rapaz queria se encontrar com Noriko. Noriko, claro, fingiu que ia pensar, mas àquela altura estava óbvio que minha filha — já com vinte e seis anos — dificilmente poderia deixar passar uma possibilidade como Taro Saito.

Informei assim ao sr. Kyo que nos agradaria um *miai* e acabamos concordando com uma data em novembro, no hotel Kasuga Park. Você há de concordar que o hotel Kasuga Park tem um certo ar vulgar hoje em dia, e fiquei um tanto infeliz com a escolha. Mas o sr. Kyo me garantiu que reservaria uma sala privativa, sugeriu até que os Saito gostavam muito da comida de lá, e acabei dando meu consentimento, embora sem entusiasmo.

O sr. Kyo explicou também que o *miai* parecia ter muita importância para o lado da família do futuro noivo — seu irmão mais novo, assim como seus pais, pretendiam comparecer. Seria perfeitamente aceitável, ele me deu a entender, que eu levasse um parente ou amigo próximo para dar mais apoio a Noriko. Mas é claro que, como Setsuko estava tão longe, não havia ninguém que eu pudesse convidar devidamente para comparecer a tal ocasião. E pode muito bem ter sido essa sensação de que estávamos em certa desvantagem no *miai*, ao lado de nossa insatisfação com o local, que fez com que Noriko ficasse mais tensa do que deveria ter ficado. De qualquer forma, as semanas que antecederam ao *miai* foram difíceis.

Muitas vezes, ela voltava do escritório e imediatamente fazia alguma pergunta como: "O que você ficou fazendo o dia inteiro, pai? Só andando para lá e para cá como sempre, aposto". Longe de "andar para lá e para cá", eu estava era ocupado em meus esforços de garantir um bom resultado para as negociações de casamento. Mas como naquele momento eu achava importante não preocupá-la com detalhes de como a questão estava evoluindo, eu só falava vagamente a respeito de meu dia e deixava assim que ela continuasse com suas insinuações. Olhando em retrospecto, acho que não discutir abertamente certos assuntos pode ter deixado Noriko ainda mais tensa, e uma abordagem mais franca de minha parte podia muito bem ter evitado muitas das conversas desagradáveis que ocorreram entre nós durante esse período.

Lembro-me de uma tarde, por exemplo, em que Noriko chegou em casa quando eu estava podando uns arbustos no jardim. Ela me cumprimentou da varanda de um jeito perfeitamente civilizado, antes de desaparecer de novo dentro de casa. Poucos minutos depois, eu estava sentado na varanda, olhando o jardim para avaliar o resultado de meu trabalho, quando Noriko, agora de quimono, apareceu de novo com o chá. Ela pousou a bandeja e sentou-se. Pelo que me lembro, era uma das últimas daquelas esplêndidas tardes de outono que tivemos ano passado, e uma luz suave iluminava a folhagem. Ela acompanhou meu olhar e disse:

"Pai, por que cortou o bambu desse jeito? Ficou desequilibrado agora."

"Desequilibrado? Você acha? Acho que ficou bem equilibrado. Olhe, precisa levar em conta o lugar onde os brotos mais novos são dominantes."

"Papai interfere demais. Acho que vai acabar estragando essa touceira também."

"Estragar essa touceira também?", virei para minha filha. "O que quer dizer com isso? Que eu estraguei as outras?"

"As azaleias nunca mais ficaram bonitas. É isso que dá papai ter tanto tempo livre. Acaba se metendo onde não é preciso."

"Sinto muito, Noriko, não entendo bem o que quer dizer. Está dizendo que as azaleias também estão desequilibradas?"

Noriko olhou o jardim outra vez e deu um suspiro. "Devia ter deixado as coisas como estavam."

"Sinto muito, Noriko, mas, aos meus olhos, tanto o bambu

como as azaleias ficaram muito melhores. Acho que absolutamente não vejo esse seu aspecto 'desequilibrado' em tudo."

"Bom, então papai deve ter ficado cego. Ou talvez seja só mau gosto."

"Mau gosto? Ora, isso agora é curioso. Sabe, Noriko, no geral as pessoas não associam mau gosto ao meu nome."

"Bom, aos meus olhos, pai", ela disse, cansada, "o bambu está desequilibrado. E você estragou também o jeito como a árvore se inclina em cima dele."

Por um momento, olhei o jardim em silêncio. "É", acabei dizendo com um balançar de cabeça. "Acho que talvez você possa enxergar desse jeito, Noriko. Você nunca teve instinto artístico. Nem você, nem Setsuko. Kenji era outra história, mas vocês, meninas, puxaram sua mãe. De fato, lembro que sua mãe fazia exatamente esse tipo de comentário equivocado."

"Papai é uma autoridade assim tão grande na poda de plantas? Eu não sabia disso. Desculpe."

"Não pretendo ser uma autoridade. Simplesmente fico um pouco surpreso de ser acusado de mau gosto. No meu caso é uma acusação fora do comum, só isso."

"Tudo bem, pai, claro que deve ser tudo uma questão de opinião."

"Sua mãe era bem igual a você, Noriko. Ela não hesitava em falar tudo o que lhe vinha à cabeça. É bem sincero, talvez."

"Tenho certeza de que papai sabe mais dessas coisas. Isso nem se discute, sem dúvida."

"Eu me lembro, Noriko, que sua mãe às vezes fazia seus comentários enquanto eu estava pintando. Ela tentava argumentar alguma coisa e me fazia rir. Então ela ria também e concordava que entendia pouco dessas coisas."

"Então papai estava sempre certo a respeito das suas pinturas também, imagino."

"Noriko, essa discussão não leva a nada. Além disso, se você não gosta do que eu fiz no jardim, tem todo o direito de ir até ali e fazer o que quiser para ajeitar as coisas."

"Muita bondade de papai. Mas quando sugere que eu faça isso? Não tenho o dia inteiro livre como papai."

"O que quer dizer com isso, Noriko? Tive um dia ocupado." Olhei firme para ela um momento, mas ela continuou olhando o jardim, uma expressão cansada no rosto. Desviei os olhos e dei um suspiro. "Mas essa discussão não tem sentido. Sua mãe ao menos dizia essas coisas e dávamos risada juntos."

Nesses momentos, era mesmo tentador contar para ela até que ponto eu estava de fato me esforçando a seu favor. Se fizesse isso, minha filha sem dúvida ficaria surpresa — e, ouso dizer, embaraçada por seu comportamento comigo. Nesse mesmo dia, por exemplo, eu tinha ido até o bairro de Yanagawa, onde descobri que Kuroda morava agora.

No fim das contas, não tinha sido tarefa difícil descobrir o paradeiro de Kuroda. O professor de arte da Faculdade Uemachi, quando garanti a ele minhas boas intenções, me deu não apenas o endereço, mas um relato do que vinha acontecendo com meu antigo aluno ao longo dos últimos anos. Parece que Kuroda não tinha se dado nada mal depois de ser libertado no fim da guerra. São tais os caminhos deste mundo que seus anos na prisão lhe valeram fortes credenciais, e certos grupos fizeram questão de recebê-lo e atender suas necessidades. Ele tinha, portanto, enfrentado poucas dificuldades para encontrar trabalho — sobretudo pequenos empregos como tutor — ou materiais para recomeçar a pintar. Então, no começo do verão passado, recebera o posto de professor de arte na faculdade Uemachi.

Agora, pode ser um tanto perverso de minha parte dizer

isso, mas fiquei satisfeito — e na verdade bastante orgulhoso — ao saber que a carreira de Kuroda progredia. Mas afinal é bem natural que seu antigo professor se orgulhe dessas coisas, mesmo que as circunstâncias tenham levado professor e aluno a se desentenderem.

Kuroda não vivia num bairro bom. Caminhei algum tempo por pequenas alamedas cheias de pensões dilapidadas antes de chegar a uma praça de concreto que parecia o pátio de uma fábrica. De fato, do outro lado da praça, havia alguns caminhões estacionados e, mais adiante, atrás de uma cerca de tela, uma retroescavadeira perfurava o chão. Lembro que parei para olhar a retroescavadeira por alguns instantes, antes de me dar conta de que o grande prédio novo acima de mim era de fato o conjunto de apartamentos de Kuroda.

Subi ao segundo andar, onde dois meninos pequenos iam e vinham de triciclo pelo corredor, e procurei a porta de Kuroda. Ninguém atendeu ao primeiro toque, mas eu estava firmemente decidido a realizar o encontro e toquei a campainha outra vez.

Um rapaz de uns vinte anos, de cara saudável, atendeu a porta.

"Sinto muito", ele disse, muito sério, "mas o sr. Kuroda não está em casa no momento. Imagino que o senhor seja um colega de trabalho dele."

"Digamos que sim. Gostaria de discutir certos assuntos com o sr. Kuroda."

"Nesse caso, talvez o senhor possa ter a bondade de entrar e esperar. Tenho certeza de que o sr. Kuroda não vai demorar e ele iria lamentar não encontrar o senhor."

"Mas não quero incomodar de forma alguma."

"De jeito nenhum. Por favor, por favor, entre."

O apartamento era pequeno e, como muitas dessas coisas modernas, não tinha propriamente um vestíbulo, o tatame começava pouco depois da porta da frente com apenas um peque-no degrau. O lugar tinha um aspecto arrumado e muitas pinturas adornavam as paredes. Entrava muito sol em todo apartamento, através das grandes janelas que davam para um balcão estreito. Ouvia-se o ruído da retroescavadeira, vindo de fora.

"Espero que o senhor não esteja com pressa", disse o rapaz, ajeitando uma almofada para mim. "Mas o sr. Kuroda nunca me perdoaria se soubesse, ao voltar, que deixei o senhor ir embora. Por favor, permita-me que faça um chá."

"Muita gentileza sua", eu disse, e me sentei. "É aluno do sr. Kuroda?"

O rapaz deu um riso breve. "O sr. Kuroda tem a bondade de se referir a mim como seu protegido, embora eu próprio duvide que mereça esse título. Meu nome é Enchi. O sr. Kuroda era meu tutor e agora, apesar de seus pesados compromissos na faculdade, muito generosamente continua a se interessar pelo meu trabalho."

"É mesmo?"

De fora, vinha o ruído da retroescavadeira trabalhando. Durante um momento, o rapaz ficou parado, sem jeito, depois pediu licença: "Vou preparar um chá".

Minutos depois, quando reapareceu, apontei uma pintura na parede e disse: "O estilo do sr. Kuroda é bem inconfundível".

Diante disso, o rapaz riu e lançou um olhar canhestro à pintura, a bandeja de chá ainda nas mãos. E disse:

"Eu creio que essa pintura está longe do nível do sr. Kuroda."

"Não é um trabalho do sr. Kuroda?"

"Essa é uma das minhas tentativas, meu senhor. Meu pro-fessor é tão bondoso que achou que merecia ficar em exposição."

"É mesmo? Bom, bom."

Continuei olhando a pintura. O rapaz pousou a bandeja na mesa baixa ao meu lado e se sentou.

"É mesmo um trabalho seu? Bom, devo dizer que tem mui-to talento. Muito talento realmente."

Ele deu outro riso embaraçado. "É sorte minha ter o sr. Kuroda como professor. Mas acho que ainda tenho muito o que aprender."

"E eu estava certo de que era um exemplo do trabalho do sr. Kuroda. As pinceladas têm a característica das dele."

O rapaz estava mexendo muito sem jeito no bule de chá, como se não soubesse como proceder. Olhei enquanto ele erguia a tampa e espiava dentro.

"O sr. Kuroda sempre me diz", ele falou, "que devia tentar pintar num estilo mais nitidamente meu. Mas encontro tanta coisa para admirar no estilo do sr. Kuroda que não consigo deixar de imitar seu trabalho."

"Não é ruim imitar o trabalho de um professor durante algum tempo. Aprende-se muito assim. Mas, tudo a seu tempo, vai desenvolver suas próprias ideias e técnicas, porque é, sem dúvida, um rapaz de muito talento. É, tenho certeza que tem um futuro muito promissor. Não é de admirar que o sr. Kuroda se interesse por você."

"Não consigo nem contar ao senhor o quanto devo ao sr. Kuroda. Ora, como pode ver, estou até morando aqui no apartamento dele. Faz quase duas semanas que estou aqui. Fui expulso das minhas acomodações anteriores e o sr. Kuroda me socorreu. É impossível contar tudo o que ele fez por mim."

"Disse que foi expulso de suas acomodações?"

"Garanto ao senhor que eu pagava meu aluguel", disse, com um pequeno sorriso. "Mas sabe, por mais que tentasse, não conseguia evitar de derrubar tinta no tatame e o senhorio acabou por me expulsar."

Nós dois demos risada com isso. Então, eu disse:

"Desculpe, não quero ser indelicado. É só que me lembra dos problemas que eu tinha quando estava começando. Mas você logo vai ter as condições adequadas para trabalhar se for perseverante, eu garanto."

Nós dois rimos de novo.

"O senhor é muito animador", disse o rapaz, e começou a servir o chá. "Acho que o sr. Kuroda não deve demorar agora. Peço por favor que não tenha pressa. O sr. Kuroda vai ficar muito contente pela oportunidade de agradecer por tudo o que o senhor fez."

Olhei para ele, surpreso. "Acha que o sr. Kuroda quer me agradecer?"

"O senhor desculpe, mas eu achei que o senhor fosse da Sociedade Cordon."

"Sociedade Cordon? Desculpe, o que é isso?"

O rapaz olhou para mim, parte de sua falta de jeito voltou. "O senhor desculpe, o engano é meu. Achei que era da Sociedade Cordon."

"Não sou, não. Sou apenas um velho conhecido do sr. Kuroda."

"Sei. Um antigo colega?"

"Isso mesmo. Acho que pode dizer assim." Olhei de novo a pintura do rapaz na parede. "É, de fato", falei. "Muito talentoso. Muito talentoso mesmo." Percebi que o rapaz agora me olhava com muita cautela. Ele acabou perguntando:

"O senhor desculpe, mas posso perguntar seu nome?"

"Sinto muito, deve achar que sou muito rude. Meu nome é Ono."

"Certo."

O rapaz se pôs de pé e foi até a janela. Durante alguns instantes, olhei a fumaça que subia das duas xícaras sobre a mesa.

"Será que o sr. Kuroda ainda vai demorar?", acabei perguntando.

De início, achei que o rapaz não ia responder. Mas então ele disse, sem se virar da janela: "Talvez, se ele não voltar logo, o senhor não devesse se atrasar mais com seus outros assuntos".

"Se não se importa, vou esperar mais um pouco, agora que já vim até aqui."

"Vou informar o sr. Kuroda da sua visita. Talvez ele escreva para o senhor."

No corredor, as crianças pareciam bater os triciclos contra a parede não longe de nós e gritavam umas com as outras. Nesse momento, me ocorreu o quanto o rapaz à janela parecia uma criança amuada.

"Desculpe por dizer isso, sr. Enchi", falei. "Mas é muito jovem. Na verdade, devia ser apenas um menino quando o sr. Kuroda e eu nos conhecemos. Gostaria que não tirasse conclusões sobre assuntos de que não conhece todos os detalhes."

"Todos os detalhes", ele disse, voltando-se para mim. "O senhor desculpe, mas conhece todos os detalhes? Sabe tudo o que ele sofreu?"

"A maior parte das coisas é mais complicada do que parece, sr. Enchi. Jovens da sua geração tendem a ver as coisas de um jeito muito simples. De qualquer forma, parece não fazer muito sentido nós dois discutirmos esses assuntos neste momento. Se não se importa, eu vou esperar o sr. Kuroda."

"Sugiro, meu senhor, que não se atrase mais para seus outros negócios. Vou informar o sr. Kuroda quando ele voltar." Até essa altura, o rapaz tinha conseguido manter um tom de voz polido, mas agora parecia ter perdido esse autocontrole. "Francamente, meu senhor, estou surpreso com a sua ousadia. Vir aqui como se fosse simplesmente uma visita amigável."

"Mas eu sou uma visita amigável. E se posso dizer isso, acho que cabe ao sr. Kuroda resolver se quer ou não quer me receber como tal."

"Eu vim a conhecer muito bem o sr. Kuroda e na minha opinião é melhor o senhor ir embora. Ele não vai querer encontrar com o senhor."

Dei um suspiro e fiquei de pé. O rapaz estava de novo olhando pela janela, mas, quando eu estava pegando meu chapéu do cabide, ele se voltou outra vez. "Todos os detalhes, sr. Ono", ele disse, e sua voz tinha uma estranha espécie de compostura. "É claro que o senhor é que ignora todos os detalhes. Senão, como teria a audácia de vir aqui desse jeito? Por exemplo, creio que o senhor nunca ouviu falar do ombro do sr. Kuroda? Ele tinha muita dor, mas os carcereiros esqueceram por conveniência de informar o ferimento, e ele só foi atendido no fim da guerra. Mas claro que se lembravam muito bem sempre que resolviam espancar o sr. Kuroda mais uma vez. Traidor. Era assim que eles falavam. Traidor. Cada minuto do dia. Mas agora nós todos sabemos quem eram os verdadeiros traidores."

Terminei de amarrar os sapatos e fui até a porta.

"Você é muito jovem, sr. Enchi, para saber como é este mundo e suas complicações."

"Nós todos sabemos quem eram os verdadeiros traidores. E muitos deles ainda estão livres por aí."

"Pode dizer ao sr. Kuroda que estive aqui? Talvez ele tenha a bondade de me escrever. Bom dia, sr. Enchi."

Naturalmente, não deixei que as palavras do rapaz me perturbassem sem razão, mas à luz das negociações de casamento de Noriko, a possibilidade de Kuroda ser tão hostil à memória que tinha de mim, como Enchi sugeriu, era de fato perturbadora. Em todo caso, era meu dever de pai insistir no assunto, por desagradável que fosse, e, ao voltar para casa naquela tarde, escrevi uma carta a Kuroda, expressando meu desejo de nos encontrarmos de novo, principalmente em vista de eu ter um assunto de certa delicadeza e importância a discutir com ele. O tom de minha carta era amigável e conciliador, e portanto fiquei decepcionado com a breve resposta fria e ofensiva que recebi uns dias depois.

"Não tenho razão para acreditar que um encontro entre nós possa produzir nada de valor", escreveu meu antigo aluno. "Agradeço a sua cortesia de me visitar outro dia, mas sinto que não devo incomodá-lo mais para cumprir tais obrigações."

Confesso que essa história com Kuroda lançou uma sombra em meu estado de espírito; claro que isso turvou meu otimismo quanto às negociações de Noriko. E embora, como eu disse, tenha escondido dela os detalhes de minha tentativa de encontrar com Kuroda, minha filha evidentemente sentiu que a questão não tinha se resolvido satisfatoriamente, e isso, sem dúvida, contribuiu para sua ansiedade.

No próprio dia do *miai*, minha filha parecia tão tensa que fiquei preocupado com a impressão que ela ia causar diante dos Saito — que tendiam a mostrar uma segurança tranquila, relaxada. Mais para o fim da tarde, senti que seria prudente tentar aliviar um pouco a ansiedade de Noriko, e foi esse o impulso por trás da observação que fiz a ela quando passou pela sala onde eu estava lendo:

"Incrível, Noriko, como você pode passar o dia inteiro só pensando em ajeitar sua aparência. Parece que é a própria cerimônia de casamento."

"É bem do papai caçoar e depois não estar pronto ele mesmo", ela reagiu.

"Só preciso de um tempinho para me aprontar", eu disse, rindo. "É bem extraordinário você passar o dia inteiro assim."

"Esse é o problema de papai. É orgulhoso demais para se preparar devidamente para essas coisas."

Olhei para ela, perplexo. "O que quer dizer com 'orgulhoso demais'? O que está insinuando, Noriko?"

Minha filha virou as costas, arrumando a presilha de cabelo.

"Noriko, o que quer dizer com 'orgulhoso demais'? O que está insinuando?"

"É muito compreensível que papai não queira se incomodar com uma coisa tão trivial como meu futuro. Afinal, papai nem acabou de ler o jornal."

"Agora está mudando de assunto. Acabou de falar que sou 'orgulhoso demais'. Por que não explica melhor?"

"Só espero que papai esteja apresentável quando chegar a hora", ela disse e saiu da sala, determinada.

Nessa ocasião, como muitas vezes durante esses dias difíceis, fui obrigado a refletir sobre o marcante contraste entre a atual atitude de Noriko com sua atitude no ano anterior, durante as negociações com a família Miyake. Na ocasião, ela estivera tranquila a ponto de ser complacente; mas, claro, ela conhecia bem Jiro Miyake; acredito mesmo que tinha certeza de que os dois iriam se casar e vira as discussões entre as famílias como nada mais que formalidades aborrecidas. Sem dúvida foi um amargo choque o que recebeu depois, mas me parece desnecessário ela fazer insinuações como as que fez essa tarde. Em todo caso, essa pequena altercação dificilmente terá ajudado a nos colocar no clima certo para um *miai*, e muito provavelmente contribuiu para o que aconteceu essa noite no hotel Kasuga Park.

Durante muitos anos, o hotel Kasuga Park estivera entre os hotéis de estilo ocidental mais agradáveis da cidade. Ultimamente, porém, a administração passara a decorar os quartos de uma maneira um tanto vulgar — tencionando, sem dúvida, impressionar a clientela americana para quem o local era popular por ser charmosamente "japonês". Apesar de tudo, a sala que o sr. Kyo reservou era bastante agradável, sendo sua característica principal a vista das janelas que davam para a encosta oeste do morro Kasuga, as luzes da cidade visíveis muito abaixo de nós. No mais, uma grande mesa circular e cadeiras de espaldar alto dominavam a sala, na parede havia uma pintura que reconheci ser de Matsumoto, artista que conheci ligeiramente antes da guerra.

Pode bem ser que a tensão do momento me levou a beber um pouco mais depressa do que eu pretendia, porque as lembranças que tenho dessa noite são menos claras do que deveriam. Lembro de ter tido de imediato uma impressão favorável de Taro Saito, um jovem que devia avaliar como genro. Ele não só parecia um tipo inteligente, responsável, como possuía toda a elegância e as boas maneiras que eu admirava em seu pai. De fato, ao observar o jeito despreocupado, no entanto altamente cortês com que Taro Saito recebeu a mim e a Noriko quando chegamos, lembrei-me de outro jovem que havia me impressionado em situação paralela alguns anos antes — isto é, Suichi, no *miai* de Setsuko, naquilo que era, na época, a Hospedaria Imperial. E por um momento considerei a possibilidade de a cortesia e a amabilidade de Taro Saito desaparecerem com o tempo como efetivamente aconteceu com Suichi. Porém, é claro, espera-se que Taro Saito não tenha de suportar as amargas experiências que dizem que Suichi enfrentou.

Quanto ao dr. Saito, ele parecia a presença dominante de sempre. Apesar de nunca termos sido formalmente apresentados até essa noite, o dr. Saito e eu nos conhecíamos de fato fazia alguns anos, e nos cumprimentávamos na rua devido ao mútuo reconhecimento de nossas respectivas reputações. Com sua esposa, uma linda mulher nos seus cinquenta anos, eu também trocava cumprimentos, mas pouco mais que isso; eu percebia que ela, assim como o marido, era uma pessoa de considerável equilíbrio, segura de conduzir qualquer situação desagradável que pudesse surgir. O único membro da família Saito que não me impressionou foi o filho mais novo — Mitsuo —, que calculei estar com seus vinte anos.

Quando penso agora naquela noite, tenho a certeza de que

minhas suspeitas sobre o jovem Mitsuo surgiram assim que o vi. Ainda não tenho certeza do que foi que despertou um alerta — talvez fosse o fato de ele me lembrar o jovem Enchi, que eu encontrara no apartamento de Kuroda. De qualquer forma, quando começamos a comer, vi se confirmarem cada vez mais minhas suspeitas. Embora nessa altura Mitsuo se comportasse com todo o devido decoro, havia algo no jeito com que o surpreendi olhando para mim, ou na maneira de me passar uma travessa sobre a mesa, que me fazia sentir hostilidade e acusação.

E então, quando estávamos comendo já havia algum tempo, me ocorreu uma ideia repentina; que a atitude de Mitsuo não era, de fato, nada diferente da atitude do resto da família — simplesmente ele não era tão hábil em disfarçá-la. A partir desse momento, passei a observar Mitsuo, como se ele fosse o melhor indicador do que os Saito estavam pensando de verdade. Porém, como ele estava sentado um pouco longe à mesa, e como o sr. Kyo, ao lado dele, parecia envolvê-lo em prolongado diálogo, não tive nenhuma conversa significativa com Mitsuo naquele estágio da reunião.

"Soubemos que gosta de tocar piano, srta. Noriko", lembro que a sra. Saito observou a certa altura.

Noriko deu um breve riso e disse: "Não treino o quanto deveria".

"Eu tocava quando era mais nova", disse a sra. Saito. "Mas agora também estou sem prática. Nós mulheres temos tão pouco tempo para essas coisas, não acha?"

"De fato", respondeu minha filha, bastante nervosa.

"Eu tenho muito pouca sensibilidade para música", Taro Saito interferiu, olhando com firmeza para Noriko. "Na verdade, minha mãe sempre me acusa de não ter ouvido. O resultado é que não tenho confiança em meu próprio gosto e sou obrigado a perguntar para ela quais compositores devo admirar."

"Que bobagem", disse a sra. Saito.

"Sabe, srta. Noriko", Taro continuou. "Uma vez comprei uma coleção de gravações dos concertos para piano de Bach. Gostava muito deles, mas minha mãe me criticava o tempo todo e ralhava comigo por meu mau gosto. Claro que minhas opiniões não tinham a menor chance diante de alguém como minha mãe aqui. Consequentemente, eu agora raramente escuto Bach. Mas talvez você possa me socorrer, srta. Noriko. Gosta de Bach?"

"Bach?" Por um segundo, minha filha pareceu perdida. Então sorriu e disse: "Gosto, sim, claro. Gosto muito".

"Ah", Taro Saito disse, triunfante, "agora mamãe vai ter de reconsiderar as coisas."

"Meu filho está falando bobagem, srta. Noriko. Eu nunca critiquei a obra de Bach como um todo. Mas me diga, não acha que Chopin é mais eloquente no que diz respeito ao piano?"

"Sem dúvida", disse Noriko.

Essas respostas rígidas caracterizaram o comportamento de minha filha durante a primeira parte da noite. Devo dizer que isso não era inteiramente inesperado. Quando em família, ou na companhia de amigos próximos, Noriko tem o costume de adotar uma maneira de falar um tanto mais solta, e muitas vezes atinge uma espécie de brilho e eloquência; mas em situações mais formais, muitas vezes a vi enfrentar dificuldade para encontrar o tom correto, dando assim a impressão de uma moça tímida. E isso estar acontecendo exatamente naquela ocasião era motivo de preocupação; pois me parecia claro — e o perfil altivo da sra. Saito parecia confirmar isso — que os Saito não eram o tipo de família antiquada que preferia que seus membros femininos fossem silenciosos e reservados. Eu já previra isso, e em nossos preparativos para o *miai* havia insistido que Noriko devia, na medida do que fosse adequado, enfatizar suas qualidades de vivacidade e inteligência. Minha filha concordara plenamente com essa estratégia e, de fato, dissera com tamanha determinação que estava decidida a se comportar de maneira franca e natural que cheguei a temer que fosse longe demais e estragasse a reunião. Portanto, ao ver como ela lutava para fornecer respostas simples e submissas às perguntas dos Saito, e só raramente erguia os olhos da tigela, podia imaginar a frustração que Noriko estava sentindo.

Mas a não ser pelos problemas de Noriko, a conversa parecia fluir com facilidade em torno da mesa. O dr. Saito principalmente mostrou-se tão hábil em gerar um clima relaxado que, não fosse por minha consciência do olhar do jovem Mitsuo para mim, eu podia ter esquecido a gravidade da ocasião e baixado a guarda. A certa altura da refeição, lembro que o dr. Saito, encostado confortavelmente em sua cadeira, disse:

"Parece que houve mais manifestações no centro da cidade hoje. Sabe, sr. Ono, eu estava no bonde hoje à tarde e um homem entrou com um grande ferimento na testa. Sentou ao meu lado, então naturalmente perguntei se estava bem e aconselhei que fosse até o hospital. Mas, sabe de uma coisa, ele tinha acabado de ver o médico e estava decidido a se juntar de novo aos companheiros na manifestação. O que acha disso, sr. Ono?"

O dr. Saito tinha falado de maneira bem casual, mas por um momento tive a impressão de que a mesa toda — inclusive Noriko — havia parado de comer para ouvir minha resposta. É muito possível, claro, que eu tenha imaginado isso; mas me lembro bem nitidamente que, quando olhei para o jovem Mitsuo, ele me observava com peculiar intensidade.

"É realmente lamentável", eu disse, "que as pessoas acabem se machucando. Sem dúvida os ânimos estão exaltados."

"O senhor tem toda a razão, sr. Ono", concordou a sra. Saito. "Os ânimos podem estar exaltados, mas as pessoas parecem ir longe demais agora. Tantos feridos. Mas meu marido diz que é tudo para o bem. Eu realmente não entendo o que ele quer dizer com isso."

Esperei que o dr. Saito reagisse a isso, mas, ao contrário, houve uma pausa, durante a qual as atenções mais uma vez se fixaram na minha direção.

"É uma pena, como diz a senhora", observei, "que tantos tenham acabado feridos."

"Minha esposa está como sempre me interpretando mal, sr. Ono", disse o dr. Saito. "Eu nunca disse que toda essa briga é uma coisa boa. Mas tento convencer minha esposa de que nessas coisas há mais do que simplesmente gente se ferindo. Claro, ninguém quer que as pessoas se machuquem. Mas o espírito que há por trás disso — as pessoas sentirem a necessidade de expressar abertamente e com energia as suas opiniões —, isso é uma coisa saudável, o senhor não acha, sr. Ono?"

Talvez eu tenha hesitado um momento; em todo caso, Taro Saito falou antes que eu pudesse responder.

"Mas sem dúvida, pai, as coisas estão escapando ao controle agora. Democracia é uma coisa boa, mas não quer dizer que os cidadãos tenham o direito de fazer agitação sempre que discordem de alguma coisa. Quanto a isso, nós, japoneses, mostramos ser como crianças. Ainda temos de aprender como lidar com a responsabilidade da democracia."

"Estamos diante de um caso fora do comum", disse o dr. Saito, rindo. "Parece que, ao menos nessa questão, o pai é muito mais liberal do que o filho. O Taro pode ter razão. Neste momento, nosso país é como um menino aprendendo a andar e a correr. Mas o que eu digo é que o espírito que há por trás disso é saudável. É como ver o menino que está crescendo correr e ralar o joelho. Ninguém quer impedir que ele corra e fique trancado em casa. Não acha, sr. Ono? Ou estou sendo liberal demais, como minha esposa e filhos insistem?"

Talvez eu estivesse novamente enganado — pois como eu disse, tinha bebido um pouco mais depressa do que pretendia —, mas me pareceu haver uma curiosa ausência de desarmonia nas aparentes posições contrárias dos Saito. Nesse meio-tempo, notei que o jovem Mitsuo novamente me observava.

"De fato", falei. "Espero que ninguém mais se machuque."

Acredito que nessa hora Taro Saito mudou de assunto e perguntou a Noriko sua opinião sobre as lojas de departamentos abertas recentemente na cidade, e durante algum tempo a conversa voltou-se para tópicos menores.

Claro que essas ocasiões não são fáceis para nenhuma futura noiva — parece injusto esperar que uma moça faça julgamentos tão cruciais para sua futura felicidade estando sob exame —, mas devo admitir que não esperava que Noriko fosse reagir tão mal à tensão. Com o avançar da noite, a segurança dela pareceu diminuir mais e mais, até parecer incapaz de dizer pouca coisa além de "sim" ou "não". Taro Saito, pelo que vi, fez o possível para que Noriko relaxasse, mas a ocasião exigia que ele não parecesse persistente demais, e mais de uma vez suas tentativas de começar uma conversa animada terminaram em canhestros silêncios. Ao observar minha filha, fiquei mais uma vez surpreso pelo contraste com o andamento do *miai* do ano anterior. Setsuko, então em uma de suas visitas, estava presente para apoiar a irmã, mas Noriko não parecia precisar disso naquela noite. De fato, lembro de minha irritação pelo jeito como Noriko e Jiro Miyake trocavam olhares maliciosos de ambos os lados da mesa, como para caçoar do formalismo da ocasião.

"Lembra-se, sr. Ono", disse o dr. Saito, "que da última vez que nos encontramos descobrimos que temos um amigo comum. Um certo sr. Kuroda."

Nessa altura, estávamos chegando ao fim da refeição.

"Ah, sim, é verdade", eu disse.

"Meu filho aqui" — o dr. Saito indicou o jovem Mitsuo com quem até agora eu mal havia trocado uma palavra — "estuda atualmente na Faculdade Uemachi, onde, claro, o sr. Kuroda agora é professor."

"É mesmo?", e virei-me para o rapaz. "Então conhece bem o sr. Kuroda."

"Bem, não", disse o rapaz. "Infelizmente, não tenho habilidade para pintura e meu contato com os professores de arte é limitado."

"Mas o sr. Kuroda é bem-visto, não é, Mitsuo?", interveio o dr. Saito.

"É verdade."

"O sr. Ono aqui foi amigo próximo do sr. Kuroda antigamente. Sabia disso?"

"É, ouvi dizer", disse Mitsuo.

Nessa altura, Taro Saito mudou de assunto outra vez, e disse:

"Sabe, srta. Noriko, eu tenho uma teoria sobre não ter ouvido para música. Quando eu era criança, meus pais nunca mantinham o piano afinado. Todo dia, ao longo dos meus anos de formação, srta. Noriko, eu era obrigado a ouvir minha mãe aqui praticando num piano desafinado. É muito possível que isso esteja por trás de todos os meus problemas, não acha?"

"Acho sim", disse Noriko e voltou a olhar a comida.

"Então. Eu sempre disse que era culpa da mamãe. E todos esses anos, ela ralhou constantemente comigo por não ter ouvido. Tratamento muito injusto, não acha, srta. Noriko?"

Noriko sorriu e não disse nada.

Nesse ponto, evidentemente, o sr. Kyo, que até então tinha ficado em segundo plano, começou a contar uma de suas anedotas cômicas. Pelo relato que Noriko faz das coisas, ele ainda estava no meio da história quando interrompi e perguntei ao jovem Mitsuo Saito:

"O sr. Kuroda sem dúvida falou de mim."

Mitsuo ergueu os olhos com uma expressão intrigada.

"Se falou do senhor?", disse ele, hesitante. "Com certeza ele sempre menciona o senhor, mas não conheço bem o sr. Kuroda e consequentemente…" Ele se interrompeu e olhou para os pais, pedindo socorro.

"Tenho certeza", disse o dr. Saito, no que me pareceu um tom bem deliberado, "que o sr. Kuroda se lembra muito bem do sr. Ono."

"Não acredito", disse eu, olhando novamente para Mitsuo, "que o sr. Kuroda tenha uma opinião particularmente positiva a meu respeito."

Mais uma vez, sem jeito, o rapaz olhou para os pais. Dessa vez, foi a sra. Saito quem falou:

"Pelo contrário, tenho certeza de que a opinião dele sobre o senhor é extremamente positiva, sr. Ono."

"Alguns, sra. Saito", disse eu, talvez um pouco alto, "acreditam que minha carreira foi uma má influência. Uma influência que agora é melhor apagar e esquecer. Eu não ignoro esse ponto de vista. O sr. Kuroda, imagino, é uma dessas pessoas."

"É mesmo?" Talvez eu tenha me enganado, mas achei que o dr. Saito estava me olhando como um professor que espera que o aluno continue recitando uma lição que teve de decorar.

"É, sim. E quanto a mim, agora estou bem preparado para aceitar como válida essa opinião."

"Tenho certeza de que está sendo injusto consigo mesmo, sr. Ono", Taro Saito começou a falar, mas eu emendei depressa:

"Há pessoas que dizem que gente como eu foi responsável pelas coisas terríveis que aconteceram na nossa nação. Quanto a mim, admito abertamente que cometi muitos erros. Aceito o fato de que muito do que eu fiz acabou se mostrando danoso para nossa nação, que o meu papel exerceu uma influência que resultou em indizível sofrimento para o nosso povo. Admito isso. Sabe, dr. Saito, admito isso muito prontamente."

O dr. Saito inclinou o corpo para a frente, uma expressão intrigada no rosto.

"Desculpe, sr. Ono", disse. "Está dizendo que se sente infeliz com o trabalho que fez? Com sua pintura?"

"Minha pintura. Meus ensinamentos. Como vê, dr. Saito, admito isso prontamente. Tudo o que posso dizer é que na época eu agi de boa-fé. Acreditei com toda sinceridade que estava buscando o bem de meus conterrâneos. Mas, como vê, agora não tenho medo de admitir que eu estava errado".

"Estou certo de que o senhor é duro demais consigo mesmo. sr. Ono", Taro Saito disse, alegre. E, voltando-se para Noriko, falou: "Diga, srta. Noriko, seu pai é sempre assim tão rigoroso consigo mesmo?".

Então me dei conta de que Noriko estava me encarando, perplexa. Talvez por isso foi pega de surpresa por Taro e sua irreverência habitual lhe veio aos lábios pela primeira vez na noite.

"Papai não é nada rigoroso. Eu é que tenho de ser rigorosa com ele. Senão ele nem levanta para tomar café."

"É mesmo?", disse Taro Saito, deliciado por conseguir uma resposta menos formal de Noriko. "Meu pai também levanta tarde. Dizem que pessoas mais velhas dormem menos que nós, mas pela nossa experiência parece que isso está errado."

Noriko riu e disse: "Acho que são só os pais. Tenho certeza que a sra. Saito não tem nenhum problema para levantar".

"Que beleza", o dr. Saito observou para mim. "Estão zombando de nós e nem saímos da sala ainda."

Eu gostaria de dizer que todo o noivado não correra risco até esse momento, mas sem dúvida minha sensação é de que foi aí que o *miai* se tornou, de um possível desastre embaraçoso, em uma noite bem-sucedida. Continuamos conversando e tomando saquê por um bom tempo depois da refeição, e quando chamaram os táxis, havia a clara sensação de que tínhamos todos nos dado bem. O mais crucial, embora os dois mantivessem uma distância adequada, era que, evidentemente, Taro Saito e Noriko tinham gostado um do outro.

Claro, não finjo que certos momentos dessa noite não foram dolorosos para mim; nem pretendo afirmar que eu teria feito tão facilmente aquele tipo de declaração a respeito de meu passado se as circunstâncias não tivessem me imposto a prudência de agir assim. Dito isto, devo dizer que acho difícil entender como qualquer homem que valorize seu amor-próprio procure evitar por longo tempo a responsabilidade de seus atos passados; pode nem sempre ser uma coisa fácil, mas existe certamente uma satisfação e uma dignidade que se conquista ao encarar os erros que cometemos no curso da vida. Em todo caso, não é uma grande vergonha cometer erros por boa-fé. Decerto é uma coisa muito mais vergonhosa não ser capaz ou não querer admiti-los.

Veja Shintaro, por exemplo — que, aliás, parece ter assegurado o posto de professor que desejava. A meu ver, Shintaro hoje seria um homem mais feliz se tivesse a coragem e a honestidade de aceitar o que fez no passado. Suponho que seria possível que a frieza com que o recebi naquela tarde, logo depois do Ano-Novo, o tivesse convencido a mudar de atitude na relação com o comitê acerca da questão de seus cartazes da crise com a China. Mas penso que Shintaro persistiu em pequenas hipocrisias na busca de seu objetivo. Na verdade, passei a acreditar agora que sempre houve um lado astuto, ardiloso na natureza de Shintaro, que eu não havia realmente notado no passado.

"Sabe, Obasan", eu disse à sra. Kawakami quando fui até lá uma noite, há não muito tempo, "desconfio muito que Shintaro nunca foi o tipo desapegado que nos fazia acreditar que fosse. Era só o jeito de ele ter vantagem sobre as pessoas e conseguir as coisas do seu jeito. Pessoas como Shintaro, se não querem fazer alguma coisa, fingem que estão completamente perdidas a respeito e são perdoadas de tudo."

"Realmente, sensei." A sra. Kawakami me olhou, reprovadora, compreensivelmente relutante em pensar mal de alguém que durante tanto tempo tinha sido seu melhor cliente.

"Por exemplo, Obasan", continuei, "pense como ele habilmente evitou a guerra. Enquanto outros perdiam tanto, Shintaro simplesmente continuou trabalhando naquele pequeno estúdio dele, como se nada estivesse acontecendo."

"Mas, sensei, o Shintaro-san tem uma perna ruim…"

"Perna ruim ou não, todo mundo era convocado. Claro, ele foi encontrado no fim, mas aí a guerra acabou dias depois. Sabe, Obasan, Shintaro me disse uma vez que tinha perdido duas semanas de trabalho por causa da guerra. Foi isso que a guerra custou a Shintaro. Acredite, Obasan, há muita coisa por trás do nosso amigo além daquele exterior infantil."

"Bom, em todo caso", a sra. Kawakami disse, cansada, "parece que agora ele não volta mais aqui."

"É verdade, Obasan. Parece que perdeu Shintaro para sempre."

Com um cigarro aceso na mão, a sra. Kawakami deu uma olhada em torno de seu pequeno bar. Como sempre, estávamos sozinhos. O sol do fim da tarde entrava pelos mosquiteiros das janelas, deixando a sala empoeirada e mais velha do que parece depois que escurece e é iluminada pelas luzes da sra. Kawakami. Lá fora, os homens ainda estavam trabalhando. Durante a hora anterior, o som de marteladas ecoara por toda parte, e um caminhão dando a partida ou o ruído de uma furadeira fazia com frequência todo o lugar estremecer. E ao acompanhar o olhar da sra. Kawakami pela sala naquela tarde de verão, me ocorreu a ideia do quanto seu bar ficaria pequeno, velho e deslocado no meio dos grandes edifícios de concreto que a corporação imobiliária estava naquele exato momento construindo à nossa volta. E eu disse à sra. Kawakami:

"Sabe, Obasan, você deve pensar seriamente em aceitar essa oferta e mudar para algum outro lugar agora. É uma grande oportunidade."

"Mas estou aqui há tanto tempo", disse ela, e abanou com a mão a fumaça do cigarro.

"Podia abrir um belo lugar novo, Obasan. No bairro de Kitabashi, ou mesmo em Honcho. Pode ter certeza de que apareço por lá sempre que estiver passando."

A sra. Kawakami ficou calada um momento, como se ouvisse alguma coisa em meio ao ruído que os operários faziam lá fora. Então um sorriso se espalhou em seu rosto e ela disse: "Este bairro foi tão maravilhoso um dia. Você lembra, sensei?".

Retribuí o sorriso, mas não disse nada. Claro, o velho bairro tinha sido ótimo. Todos tínhamos nos divertido e o espírito que permeava as brincadeiras e aquelas discussões nunca foi menos que sincero. Mas talvez esse mesmo espírito nem sempre tenha sido para o bem. Como muitas coisas atualmente, talvez seja melhor que aquele pequeno mundo tenha passado e não volte mais. Fiquei tentado a dizer isso à sra. Kawakami essa noite, mas percebi que seria falta de tato. Porque claramente o velho bairro era querido ao seu coração — a maior parte de sua vida e energia tinha sido investida ali —, e com certeza se pode compreender sua relutância em aceitar que tinha desaparecido para sempre.

NOVEMBRO DE 1949

Minha lembrança da primeira vez que encontrei o dr. Saito permanece muito viva, e por isso estou bem confiante de sua exatidão. Deve ter sido há bons dezesseis anos, um dia depois que me mudei para minha casa. Lembro que era um dia claro de verão e eu estava do lado de fora, arrumando a cerca, ou talvez fazendo alguma coisa no portão, e trocava cumprimentos com os vizinhos que passavam. Então, quando estava de costas para a rua fazia algum tempo, me dei conta de que havia alguém parado atrás de mim, aparentemente me olhando trabalhar. Virei-me e encontrei um homem mais ou menos da minha idade, estudando com interesse meu nome recém-escrito no poste do portão.

"Então é o sr. Ono", ele observou. "Muito bem, é uma verdadeira honra. Uma verdadeira honra ter alguém da sua estatura aqui em nosso bairro. Eu mesmo, sabe, estou envolvido com o mundo das belas-artes. Meu nome é Saito, da Universidade Cidade Imperial."

"Dr. Saito? Ora, é um grande privilégio. Ouvi falar muito do senhor."

Acredito que ficamos conversando por algum tempo ali diante do meu portão e tenho certeza de que não me engano ao lembrar que o dr. Saito, nessa mesma ocasião, fez diversas outras referências ao meu trabalho e à minha carreira. E antes que seguisse seu caminho encosta abaixo, lembro-me de ele repetir as palavras: "Uma grande honra ter um pintor da sua estatura em nosso bairro, sr. Ono".

Desde então, o dr. Saito e eu nos cumprimentávamos respeitosamente sempre que nos encontrávamos por acaso. É verdade, creio, que depois desse encontro inicial raramente paramos para conversas prolongadas — até que eventos recentes nos dessem razão para maior intimidade. Mas minha lembrança desse primeiro encontro e do fato de o dr. Saito reconhecer meu nome no poste do portão é suficientemente clara para que eu possa afirmar com alguma certeza que minha filha mais velha, Setsuko, estava bem enganada em pelo menos algumas das coisas que tentou insinuar no mês passado. Não é muito provável, por exemplo, que o dr. Saito não fizesse ideia de quem eu era até as negociações de casamento do ano passado o obrigarem a descobrir.

Como a visita dela neste ano foi muito breve, e como ela na ocasião ficou hospedada na nova casa de Noriko e Taro no bairro de Izumimachi, meu passeio com Setsuko naquela manhã pelo parque Kawabe foi realmente a única chance de conversar devidamente com ela. Não é de surpreender, portanto, que eu tenha ficado a revirar aquela conversa em minha cabeça durante algum tempo depois, e não acho que seja pouco razoável eu agora me encontrar cada vez mais irritado com certas coisas que ela me disse naquele dia.

Na ocasião, porém, eu não pude me deter muito profundamente nas palavras de Setsuko, pois me lembro de estar de bom humor, feliz com a companhia de minha filha de novo e contente de passear pelo parque Kawabe, coisa que não fazia havia algum tempo. Isso foi apenas um mês atrás, quando, como você deve lembrar, os dias ainda eram ensolarados, embora as folhas já estivessem caindo. Setsuko e eu seguimos pela larga alameda de árvores que atravessa o meio do parque, e como estávamos bem adiantados para o horário em que combinamos encontrar Noriko e Ichiro ao lado da estátua do imperador Taisho, caminhamos devagar, parando de vez em quando para admirar a paisagem de outono.

Talvez você concorde comigo que o parque Kawabe é o mais gratificante dos parques da cidade; sem dúvida, depois de caminhar durante algum tempo por aquelas ruazinhas lotadas do bairro Kawabe, é muito tranquilizante se ver em uma daquelas espaçosas e longas alamedas cobertas de árvores. Mas se você é novo na cidade e não conhece a história do parque Kawabe, talvez eu deva explicar aqui por que o parque sempre foi de especial interesse para mim.

Por todo o parque, aqui e ali, você sem dúvida vai se lembrar de ter passado por trechos isolados de grama, nenhum maior que um pátio de escola, visíveis através das árvores quando se segue por uma dessas alamedas. É como se as pessoas que planejaram o parque tivessem ficado confusas e abandonado um projeto ou outro pela metade. De fato, foi mais ou menos esse o caso. Alguns anos atrás, Akira Sugimura — cuja casa eu havia comprado pouco depois de sua morte — tinha o mais ambicioso dos planos para o parque Kawabe. Sei que o nome de Akira Sugimura é raramente ouvido hoje em dia, mas permita que eu indique que há não muito tempo ele era o homem mais influente da cidade. A certa altura, pelo que ouvi dizer, ele possuía quatro casas, e era quase impossível andar pela cidade durante muito tempo sem topar com um ou outro empreendimento que pertencia a ele ou estava fortemente ligado a Sugimura. Então, por volta de 1920 ou 1921, no auge do sucesso, Sugimura decidiu apostar boa parte de sua riqueza e capital num projeto que permitiria que ele deixasse sua marca para sempre nesta cidade e em seu povo. Ele planejou transformar o parque Kawabe — que era na época um lugar bastante sem graça e abandonado — no foco da cultura da cidade. O terreno não apenas seria ampliado para que abarcasse ainda mais áreas naturais para as pessoas relaxarem, como o parque viria a ser também o local de diversos centros culturais cintilantes — um museu de ciência natural; um novo teatro de kabuki para a escola Takahashi, que recentemente perdera num incêndio seu teatro na rua Shirahama; uma sala de concertos de estilo europeu; e também, um tanto excentricamente, um cemitério para os cães e gatos da cidade. Não consigo me lembrar o que mais ele planejava, mas era inequívoca a vasta ambição do projeto. Sugimura pretendia não apenas transformar o bairro de Kawabe, mas todo o equilíbrio cultural da cidade, trazendo uma renovada importância para o lado norte do rio. Era, como eu disse, nada menos que a tentativa de um homem gravar sua marca para sempre no caráter da cidade.

Parece que o projeto do parque estava bem avançado quando enfrentou terríveis dificuldades financeiras. Não sei com clareza os detalhes do caso, mas o resultado foi que os "centros culturais" de Sugimura nunca foram construídos. O próprio Sugimura perdeu muito dinheiro e nunca reconquistou sua antiga influência. Depois da guerra, o parque Kawabe passou para o controle direto das autoridades da cidade, que construíram as alamedas de árvores. Tudo o que resta hoje dos planos de Sugimura são esses estranhos trechos de grama vazios, onde seus museus e teatros deveriam estar.

Talvez eu tenha dito antes que meus negócios com a família Sugimura depois de sua morte — na ocasião em que comprei a última de suas casas — não foram do tipo que me deixassem com especial boa vontade com a memória do homem. Mesmo assim, sempre que me vejo passeando pelo parque Kawabe hoje em dia, começo a pensar em Sugimura e seus projetos, e confesso que já sinto certa admiração pelo homem. Porque, de fato, um homem que aspira subir acima do medíocre, ser algo mais que comum, certamente merece admiração, mesmo que no fim fracasse e perca a fortuna por conta de suas ambições. Além disso, minha convicção é de que Sugimura não morreu infeliz. Porque seu fracasso foi muito diferente dos fracassos sem dignidade da maioria das vidas comuns, e um homem como Sugimura saberia disso. Se alguém fracassa apenas onde outros não tiveram a coragem ou a vontade, existe um consolo — de fato, uma profunda satisfação — a se obter com essa observação ao olhar retrospectivamente a própria vida.

Mas não era minha intenção me deter em Sugimura. Como eu disse, em termos gerais, eu estava satisfeito com meu passeio pelo parque Kawabe ao lado de Setsuko naquele dia, apesar de algumas observações suas — cujo significado não captei inteiramente até refletir sobre elas algum tempo depois. Em todo caso, nossa conversa se encerrou quando vimos, no meio do caminho, a uma pequena distância, a estátua do imperador Taisho que pairava onde tínhamos combinado de encontrar Noriko e Ichiro. Eu observava os bancos que circundam a estátua quando ouvi uma voz de menino gritar: "Olha o Oji!".

Ichiro veio correndo para mim, os braços abertos como se antecipasse o abraço. Mas, quando chegou perto de mim, pareceu se controlar, fixou uma expressão solene no rosto e estendeu a mão para eu apertar.

"Bom dia", disse ele, como um homem de negócios.

"Bom, Ichiro, você está realmente virando um homem. Quantos anos tem agora?"

"Acho que tenho oito. Por favor, venha por aqui, Oji. Tenho umas coisas para discutir com você."

A mãe dele e eu o seguimos até o banco onde Noriko esperava. Minha filha mais nova usava um vestido colorido que eu nunca tinha visto antes.

"Você parece muito animada, Noriko", eu disse. "Parece que quando uma filha sai de casa, imediatamente começa a ficar irreconhecível."

"Uma mulher não precisa se vestir mal simplesmente porque casou", Noriko disse depressa, mas pareceu satisfeita com o elogio, mesmo assim.

Pelo que me lembro, nós todos nos sentamos por um instante debaixo do imperador Taisho e conversamos algum tempo. Tínhamos marcado nosso encontro no parque porque minhas duas filhas queriam passar algum tempo juntas para comprar tecidos e tinham combinado levar Ichiro para almoçar numa loja de departamentos, e depois passar a tarde mostrando a ele o centro da cidade. Ichiro estava impaciente para ir e puxava meu braço enquanto conversávamos, dizendo:

"Oji, deixe as mulheres conversando uma com a outra. Nós temos mais o que fazer."

Meu neto e eu estávamos na loja de departamentos, um pouco depois da hora de almoço costumeira, e a praça de alimentação não estava mais cheia. Ichiro escolheu com toda calma entre os vários pratos expostos nas vitrinas, e a certa altura olhou para mim e disse:

"Oji, adivinhe qual é o meu prato preferido agora."

"Hum. Não sei, Ichiro. Panqueca? Sorvete?"

"Espinafre! Espinafre deixa forte!" Ele estufou o peito e flexionou os bíceps.

"Sei. Bom, esse Almoço Júnior aqui tem um pouco de espinafre."

"Almoço Júnior é para criancinha."

"Pode ser, mas é muito gostoso. O Oji vai pedir um desses."

"Tudo bem. Eu como o Almoço Júnior também, para fazer companhia para o Oji. Mas diga para o homem me dar bastante espinafre."

"Tudo bem, Ichiro."

"Oji, tem de comer espinafre sempre que puder. Dá força."

Ichiro escolheu para nós uma das mesas ao lado da fileira de grandes janelas e, enquanto esperávamos nosso almoço, punha o rosto contra o vidro para observar a rua movimentada quatro andares abaixo. Eu não via Ichiro desde a última visita de Setsuko a minha casa, mais de um ano antes — ele não estivera presente no casamento de Noriko por causa de um vírus —, e fiquei surpreso com o quanto havia crescido nesse ano. Não só estava significativamente mais alto como todos seus modos estavam mais calmos, menos infantis. Seus olhos, principalmente, pareciam ter uma expressão muito mais velha.

Na verdade, nesse dia, ao ver Ichiro com o rosto colado ao vidro para olhar a rua lá embaixo, percebi o quanto estava ficando parecido com o pai. Havia traços de Setsuko também, mas isso se via principalmente em seu jeito e nas pequenas expressões faciais. E claro, me surpreendeu também a semelhança de Ichiro com meu próprio filho, Kenji, quando tinha essa idade. Confesso que sinto uma estranha consolação ao observar as crianças herdarem essas semelhanças de outros membros da família, e minha esperança é que meu neto as mantenha em seus anos adultos.

Claro, não é apenas na infância que estamos sujeitos a essas pequenas heranças; um professor ou mentor que admiramos muito no começo da vida adulta deixará sua marca e, de fato, mesmo muito depois que se reavalia, talvez até se rejeita, o grosso dos ensinamentos desse homem, certos traços tenderão a sobreviver, como alguma sombra dessa influência, para ficar com a pessoa pelo resto da vida. Tenho consciência, por exemplo, de que certos maneirismos meus — o modo como uso a mão quando explico alguma coisa, certas inflexões vocais quando tento demonstrar ironia ou impaciência, até mesmo frases inteiras que gosto de usar e que as pessoas passaram a considerar minhas —, tenho consciência de que adquiri todos esses traços originalmente de Mori-san, meu antigo professor. E talvez não seja indevida vaidade minha pensar que muitos de meus alunos por sua vez terão adquirido de mim essas pequenas heranças. Além disso, eu espero que, apesar de qualquer reavaliação que possam vir a fazer quanto aos anos sob minha supervisão, a maioria deles seja grata ao muito que aprenderam. Decerto, de minha parte, apesar das evidentes limitações de meu antigo professor, Seiji Moriyama, ou Mori-san como sempre o chamávamos, apesar do que aconteceu entre nós no final, sempre reconhecerei que aqueles sete anos que passei morando na casa de campo de sua família, no campo montanhoso da prefeitura de Wakaba, foram alguns dos mais cruciais para minha carreira.

Hoje, quando tento evocar um quadro da casa de campo de Mori-san, tendo a lembrar de uma vista particularmente agradável dela, do alto de uma trilha da montanha que levava à cidade mais próxima. Ao subir esse caminho, a casa de campo aparecia na depressão abaixo, um retângulo de madeira escura em meio a altos cedros. Os três longos setores da casa de campo se interconectavam para formar os três lados do retângulo em torno de um jardim central; o quarto lado era composto por uma cerca de cedro e um portão, de forma que o jardim era totalmente fechado, e pode-se imaginar como, antigamente, não era fácil para visitantes hostis conseguir entrar quando o pesado portão estava fechado.

Um intruso moderno, porém, não encontraria muita dificuldade. Porque embora não fosse possível ver do alto desse caminho, a casa de campo de Mori-san estava num estado de considerável deterioração. Do alto do caminho, não é possível adivinhar que o interior da construção contém sala após sala de papel rasgado, pisos de tatame tão usados que em diversos pontos há o perigo de atravessar o chão se não se pisa com cuidado. De fato, quando tento lembrar da casa de campo vista de perto, o que me vem é uma impressão de telhas quebradas, treliças decadentes, varandas lascadas e apodrecidas. Aqueles telhados sempre tinham novas goteiras, e, depois de uma noite de chuva, o cheiro de madeira molhada e folhas emboloradas penetrava todos os cômodos. E havia os meses em que insetos e mariposas invadiam a casa em tal quantidade, pendurados do madeiramento, enfiados em cada fresta, que dava medo que o lugar desmoronasse de uma vez por todas.

De todos aqueles cômodos, apenas dois ou três estavam em condições de sugerir o esplendor que a casa de campo deve ter possuído um dia. Uma dessas salas, cheia de luz clara ao longo de quase todo o dia, era reservada para ocasiões especiais, e me lembro que, de vez em quando, Mori-san reunia todos os seus alunos — éramos dez — ali, sempre que terminava um novo quadro. Me lembro como, antes de entrar, cada um de nós fazia uma pausa na porta e ficava boquiaberto de admiração diante do quadro montado no centro do piso. Enquanto isso, Mori-san cuidava de uma planta, talvez, ou olhava pela janela, parecendo não notar nossa chegada. Pouco depois, todos nos sentávamos no chão em torno do quadro e apontávamos coisas uns para os outros aos sussurros: "E olhe como o sensei preencheu aquele canto ali. Incrível!". Mas ninguém dizia de fato: "Sensei, que pintura maravilhosa", porque era uma espécie de convenção nos comportarmos nessas ocasiões como se nosso professor não estivesse presente.

Muitas vezes, um quadro novo trazia alguma notável inovação e surgia um debate um tanto apaixonado entre nós. Uma vez, por exemplo, lembro que entramos na sala e nos deparamos com um quadro de uma mulher ajoelhada, vista de um ponto de vista peculiarmente baixo — tão baixo que parecia que se olhava para ela do nível do chão.

"Evidentemente", lembro de alguém afirmar, "a perspectiva baixa atribui à mulher uma dignidade que ela não teria. É uma inovação absolutamente assombrosa. Porque sob todos os outros aspectos ela parece do tipo que tem pena de si mesma. É essa tensão que dá ao quadro a sua força sutil."

"Pode ser", disse outro. "A mulher pode, sim, ter uma espécie de dignidade, mas dificilmente isso vem da perspectiva baixa. Parece claro que o sensei está nos dizendo alguma coisa muito mais pertinente. Ele diz que a perspectiva parece baixa apenas porque estamos acostumados demais a um nível de olhar específico. Claro que o desejo do sensei é nos libertar desses hábitos arbitrários. Ele está dizendo: 'Não é preciso olhar as coisas sempre dos cansativos ângulos de sempre'. É por isso que essa pintura é tão inspiradora."

Logo estávamos todos gritando e nos contradizendo com nossas teorias sobre as intenções de Mori-san. E embora lançássemos continuamente olhares a nosso professor ao discutir, ele não dava nenhum sinal de qual de nossas teorias aprovava. Lembro-me simplesmente dele lá parado no canto da sala, braços cruzados, olhando o jardim pela treliça de madeira da janela, com um ar divertido no rosto. Então, depois de ter nos ouvido discutir durante algum tempo, ele se virou e disse: "Talvez vocês devam todos sair agora. Gostaria de cuidar de algumas coisas". Assim, nós todos saímos da sala, a murmurar mais uma vez nossa admiração pela nova pintura.

Ao contar isso me dou conta de que o comportamento de Mori-san pode parecer um tanto arrogante. Mas talvez seja mais fácil para alguém que já esteve numa posição em que era constantemente admirado e respeitado entender a reserva que ele demonstrava nessas ocasiões. Porque não é de forma alguma uma situação agradável estar sempre instruindo e se manifestando a seus alunos; em muitas situações, é preferível manter silêncio, permitindo assim que eles tenham a chance de debater e ponderar. Como eu disse, qualquer pessoa que tenha estado em uma posição de grande influência entenderá isso.

De qualquer modo, o que acontecia era que essas discussões sobre o trabalho de nosso professor continuava durante semanas. Na continuada ausência de qualquer explicação do próprio Mori-san, a tendência era recorrermos a um de nossa turma, um pintor chamado Sasaki, que nessa altura gozava o status de ser o aluno principal de Mori-san. Embora, como eu disse, algumas discussões continuassem por um longo tempo, uma vez que Sasaki finalmente chegava a uma conclusão sobre o assunto, isso geralmente marcava o fim da disputa. Da mesma maneira, se Sasaki sugeria que a pintura de uma pessoa era de alguma forma "desleal" com nosso professor, isso levava à capitulação imediata do transgressor — que então abandonava o quadro ou, em alguns casos, o queimava junto com o lixo.

De fato, pelo que me lembro, o Tartaruga, durante vários meses depois que chegamos juntos à casa de campo, repetidamente destruía seu trabalho sob essas circunstâncias. Pois enquanto eu conseguira me acomodar razoavelmente bem com o jeito das coisas ali, meu companheiro insistia em produzir trabalhos que exibiam elementos claramente contrários aos princípios de nosso professor, e me lembro de muitas vezes ter apelado por ele junto aos novos colegas, explicando que ele não estava sendo intencionalmente desleal a Mori-san. Muitas vezes, durante esses primeiros tempos, o Tartaruga me procurava com um ar aflito e me levava para ver algum trabalho inacabado dele, e falava em voz baixa: "Ono-san, por favor me diga, é assim que nosso professor faria?".

E às vezes até eu ficava exasperado ao descobrir que ele havia insensatamente empregado algum outro elemento evidentemente ofensivo. Porque as prioridades de Mori-san não eram difíceis de entender. O rótulo de "o Utamaro moderno" era sempre aplicado a nosso professor naquela época, e, embora esse título fosse atribuído prematuramente demais a qualquer artista competente que se especializasse em retratar mulheres do bairro do prazer, tendia a resumir bastante bem os interesses de Mori-san. Porque Mori-san estava conscientemente tentando "modernizar" a tradição de Utamaro; em muitas de suas pinturas mais notáveis — *Amarrando um tambor de dança* ou *Depois do banho* —, a mulher era vista de costas, à maneira clássica de Utamaro. Vários outros desses traços clássicos eram recorrentes em suas pinturas: a mulher que segura uma toalha contra o rosto, a mulher que penteia o cabelo comprido. E Mori-san fazia amplo uso do recurso tradicional de expressar emoção através dos tecidos que a mulher segurava ou usava, em vez da expressão de seu rosto. Ao mesmo tempo, porém, seu trabalho era cheio de referências europeias, que os admiradores mais rígidos de Utamaro consideravam iconoclastas; por exemplo, ele tinha havia muito abandonado o uso do tradicional traço escuro para definir suas formas e preferia em vez disso recorrer a blocos de cor, com luz e sombra para criar uma aparência tridimensional. E sem dúvida foi com os europeus que ele aprendera o que era sua principal preocupação: o uso de cores suaves. O desejo de Mori-san era evocar certa atmosfera melancólica, noturna, ao redor de suas mulheres, e ao longo de todos os anos em que estudei com ele fiz extensas experiências com cores numa tentativa de captar a luz da lanterna. Por isso, era algo como uma assinatura da obra de Mori-san que uma lanterna sempre aparecesse no quadro, insinuada, ainda que não visível. Era talvez típico da lentidão do Tartaruga em captar o essencial da arte de Mori-san que, mesmo depois de um ano na casa de campo, ele usasse cores que criavam o efeito errado e depois se perguntasse por que estava sendo acusado de deslealdade novamente, quando havia se lembrado de incluir uma lanterna em sua composição.

Apesar de todos os meus pedidos, gente como Sasaki tinha pouca paciência com as dificuldades do Tartaruga, e às vezes o clima para meu companheiro ameaçava ficar tão hostil quanto aquele que ele vivera na empresa de mestre Takeda. Até que — acredito que foi em algum momento do nosso segundo ano na casa de campo — ocorreu uma mudança com Sasaki, uma mudança que o levaria a sofrer hostilidade de uma natureza ainda mais dura e sombria do que qualquer coisa que ele orquestrara contra o Tartaruga.

Supõe-se que todo grupo de alunos tenda a ter um líder — alguém cujas habilidades o professor escolheu como exemplo para os outros seguirem. E é esse aluno líder, em virtude de ter ele o maior domínio das ideias do professor, que tenderá a funcionar, como Sasaki, como o intérprete principal dessas ideias para os alunos menos hábeis ou menos experientes. Da mesma forma, esse mesmo líder era provavelmente o mais capaz de perceber limitações na obra do professor, ou então de desenvolver posições próprias, divergentes das do professor. Em teoria, claro, um bom professor devia aceitar essa tendência — na verdade, deve recebê-la bem, como sinal de que levou seu aluno a um ponto de maturidade. Na prática, porém, as emoções em jogo podem ser bem complicadas. Às vezes, quando se alimentou por muito tempo e com empenho um aluno dotado, é difícil ver essa maturidade do talento como uma postura que não seja traição, e é possível que surjam situações lamentáveis.

Decerto o que fizemos com Sasaki depois de sua disputa com nosso professor foi muito injustificado e parece não haver muito a ganhar em relembrar essas coisas aqui. Tenho, porém, lembranças muito vívidas da noite em que Sasaki nos deixou.

A maioria de nós já havia se recolhido. Eu estava deitado de olhos abertos no escuro de um dos quartos em ruínas, quando ouvi a voz de Sasaki chamando alguém um pouco adiante na varanda. Parecia não ter recebido resposta de quem quer que fosse, e por fim veio o som de uma porta de correr que se fechava e os passos de Sasaki que se aproximavam. Ouvi quando ele parou em outro quarto e disse alguma coisa, mas de novo pareceu encontrar apenas silêncio. Seus passos chegaram ainda mais perto, então o ouvi abrir a porta do quarto vizinho ao meu.

"Você e eu somos amigos há muitos anos", ouvi-o dizer. "Não vai ao menos falar comigo?"

A pessoa a quem ele se dirigia não respondeu. Então, Sasaki falou:

"Não vai me dizer ao menos onde estão as pinturas?"

Ainda nenhuma resposta. Mas deitado ali no escuro eu podia ouvir os ratos deslizando debaixo das tábuas do piso daquele quarto vizinho e me pareceu que esse som era uma espécie de resposta.

"Se acha que são tão ofensivos", a voz de Sasaki continuou, "não faz sentido ficar com os quadros aqui. Mas, neste momento, eles significam muito para mim. Quero levar todos comigo para onde quer que eu vá. Não tenho mais nada para levar comigo."

Mais uma vez ouvi o som de ratos como resposta, depois um longo silêncio. Na verdade, o silêncio durou tanto tempo que pensei que Sasaki tinha saído para o escuro sem que eu escutasse. Mas então ouvi ele dizer de novo:

"Nesses últimos dias, os outros fizeram coisas terríveis comigo. Mas o que mais me machucou foi sua recusa em me dar ao menos uma palavra de conforto."

Então houve outro silêncio. E Sasaki disse: "Não vai nem olhar para mim agora e me desejar felicidades?".

Por fim, ouvi a porta se fechar e os sons dos passos de Sasaki na varanda se afastando pelo jardim.

* * *

Depois que foi embora, Sasaki raramente era mencionado na casa de campo e, nas poucas ocasiões em que o era, costumavam se referir a ele apenas como "o traidor". De fato, me lembro de como a lembrança de Sasaki parecia ser ofensiva entre nós quando recordo o que ocorreu uma ou duas vezes durante aqueles debates alterados em que sempre nos envolvíamos.

Em dias mais quentes, como costumávamos deixar abertas as portas de correr de nossos quartos, um grupo de nós reunidos em um quarto podia ver outro grupo igualmente reunido na ala oposta. Essa situação logo levou alguém a fazer uma piada provocadora para o outro lado do jardim e, num instante, ambos os grupos estavam reunidos nas respectivas varandas, gritando insultos um para o outro. Esse comportamento pode parecer absurdo quando o relato assim, mas havia alguma coisa na arquitetura da casa de campo e no eco que a acústica produzia, quando se gritava de uma ala para a outra, que de alguma forma nos encorajava a essa disputa infantil. Os insultos podiam ser abrangentes — caçoar da virilidade de alguém, digamos, ou da pintura que alguém havia terminado —, mas a maior parte era isenta de qualquer intenção de ferir, e me lembro de muitas trocas altamente divertidas que deixavam ambos os lados vermelhos de rir. De fato, de modo geral, minhas lembranças dessas brincadeiras resumem muito bem a intimidade competitiva, embora familiar, que gozamos nesses anos na casa de campo. E, ainda assim, quando uma ou duas vezes invocavam o nome de Sasaki durante essa troca de insultos, as coisas realmente escapavam ao controle, e havia colegas que extrapolavam os limites e realmente atravessavam o jardim. Não levou muito tempo para aprendermos que comparar alguém ao "traidor", mesmo de brincadeira, nunca seria recebido de bom humor.

Dessas lembranças você pode concluir que a devoção a nosso professor e a seus princípios era impetuosa e total. E é fácil, olhando para trás — uma vez que as limitações de uma influência se tornaram óbvias —, ser crítico quanto a um professor que promove tal clima. Mas, por outro lado, qualquer pessoa que tenha tido ambições grandiosas, qualquer pessoa que tenha estado em posição de conquistar algo de fato importante e sentiu a necessidade de transmitir suas ideias o mais completamente possível, sentirá alguma empatia com a maneira como Mori-san conduzia as coisas. Pois embora possa parecer hoje um pouco tolo, à luz do que aconteceu com sua carreira, o desejo de Mori-san naquela época era nada menos que mudar fundamentalmente a identidade da pintura praticada em nossa cidade. Era apenas com esse objetivo em mente que ele dedicava tanto de seu tempo e riqueza ao cultivo dos alunos, e talvez seja importante lembrar disso ao fazer julgamentos sobre o meu antigo professor.

Claro que sua influência sobre nós não se limitava apenas ao domínio da pintura. Vivemos todos aqueles anos quase inteiramente de acordo com seus valores e estilo de vida, e isso implicava passar muito tempo explorando o "mundo flutuante" da cidade — o mundo noturno de prazer, entretenimento e bebida que dava forma ao pano de fundo de todas as nossas pinturas. Sempre sinto, agora, certa nostalgia ao me lembrar do centro da cidade como era naquela época; as ruas não eram tão cheias do ruído de trânsito e as fábricas ainda não tinham roubado do ar noturno a fragrância das flores sazonais. Um dos nossos lugares favoritos era uma pequena casa de chá ao lado do canal da rua Kojima, chamada Lanternas D'Água — porque de fato as lanternas do estabelecimento se refletiam no canal quando nos aproximávamos. A proprietária era uma velha amiga de Mori-san, o que garantia sempre tratamento generoso, e me lembro de algumas noites memoráveis ali, cantando e bebendo com nossa anfitriã.

Outro local habitual era uma galeria de arco e flecha na rua Nagata, onde a proprietária nunca se cansava de nos lembrar que, anos antes, quando trabalhava como gueixa em Akihara, Mori-san a usara como modelo para uma série de xilogravuras que se tornaram imensamente populares. Seis ou sete moças atendiam nessa galeria, e depois de algum tempo cada um de nós tinha sua favorita, com quem conversar e passar a noite.

Mas nosso divertimento também não se limitava a essas expedições à cidade. Mori-san parecia ter uma lista sem fim de conhecidos no mundo do entretenimento, e empobrecidas trupes de atores, dançarinas e músicos ambulantes sempre chegavam à casa de campo e eram saudados como amigos. Uma grande quantidade de bebida era consumida, nossos visitantes cantavam e dançavam a noite inteira, e não demorava muito até que mandassem alguém acordar o vendedor de bebida da aldeia vizinha para renovar o estoque. Um visitante regular nessa época era um contador de histórias chamado Maki, um homem gordo e alegre, que conseguia nos levar a todos a risadas irrefreáveis num momento e lágrimas de tristeza no minuto seguinte, com sua versão de velhas lendas. Anos depois, encontrei Maki algumas vezes no Migi-Hidari e relembramos com deslumbramento aquelas noites na casa de campo. Maki estava convencido de que muitas dessas festas duravam uma noite, o dia seguinte e uma segunda noite. Embora eu não tenha certeza disso, tenho de admitir que me lembro da casa de campo de Mori-san durante o dia cheia de corpos exaustos e adormecidos por toda parte, alguns caídos no jardim com o sol batendo em cima deles.

Tenho, porém, uma recordação mais vívida de uma dessas noites. Me lembro de caminhar sozinho pelo pátio central, agradecido pelo ar fresco da noite, depois de escapar por um momento do divertimento. Recordo que caminhei até a porta do depósito e, antes de entrar, olhei para trás, para os quartos do outro lado do pátio, onde meus companheiros e nossos visitantes entretinham uns aos outros. Eu pude ver numerosas silhuetas dançando atrás das divisórias de papel, e a voz de um cantor chegava até mim flutuando no ar da noite.

Eu tinha ido até o depósito porque era um dos poucos lugares da casa de campo onde havia uma chance de ficar sossegado por algum tempo. Imagino que, no passado, quando a casa abrigava guardas e criados, essa sala era usada para guardar armas e armaduras. Mas quando entrei ali naquela noite e acendi a lanterna pendurada acima da porta, vi o chão tão coalhado de todo tipo de objetos que era impossível atravessá-lo, senão pulando de espaço em espaço; por toda parte havia pilhas de velhas telas amarradas com corda, cavaletes quebrados, todo tipo de potes e frascos com pincéis ou bastões. Abri meu caminho até uma clareira no chão e me sentei. A lanterna sobre a porta fazia os objetos à minha volta lançarem sombras exageradas; era um efeito impressionante, como se eu estivesse sentado em alguma grotesca miniatura de cemitério.

Eu devo ter me perdido em divagações, porque me lembro de me sobressaltar com o som da porta do depósito, que deslizou e se abriu. Ergui os olhos, vi Mori-san parado na porta e disse, depressa: "Boa noite, sensei".

Talvez a lanterna em cima da porta não iluminasse o suficiente o lugar em que eu estava na sala, ou talvez simplesmente meu rosto estivesse na sombra. Em todo caso, Mori-san espiou à frente e perguntou:

"Quem é? Ono?"

"Eu mesmo, sensei."

Ele continuou a espreitar por um momento. Então, tirou a lanterna da viga e, com ela à sua frente, começou a avançar em minha direção, pisando com cuidado entre os objetos no chão. Ao fazê-lo, a lanterna em sua mão fazia com que as sombras se movimentassem à nossa volta. Apressei-me a abrir um espaço para ele, mas antes que conseguisse, Mori-san sentou-se um pouco adiante, sobre um baú de madeira. Deu um profundo suspiro e disse:

"Saí para tomar um pouco de ar fresco e vi esta luz aqui. Tudo escuro, menos por esta luz. E pensei comigo, agora aquele depósito dificilmente será lugar para amantes se esconderem. Quem estiver lá deve estar querendo ficar sozinho."

"Acho que eu estava aqui sentado num sonho, sensei. Não tinha intenção de demorar tanto aqui."

Ele havia colocado a lanterna no chão a seu lado, de forma que, de onde eu estava, só via sua silhueta. "Uma daquelas dançarinas parece que ficou muito animada com você mais cedo", ele disse. "Vai ficar decepcionada por você ter desaparecido agora que anoiteceu."

"Eu não quis ser rude com nossos hóspedes, sensei. Assim como o senhor, simplesmente saí para tomar um pouco de ar fresco."

Ficamos em silêncio um momento. Do outro lado do pátio, dava para ouvir nossos companheiros cantando e batendo palmas no ritmo.

"Bom, Ono", Mori-san acabou dizendo, "o que você acha do meu velho amigo Gisaburo? Uma figura e tanto."

"Realmente, sensei. Ele parece um cavalheiro muito afável."

"Pode se vestir de andrajos hoje em dia, mas já foi uma celebridade. E como nos mostrou hoje à noite, ainda tem muito do seu talento."

"É mesmo."

"Então, Ono. Está preocupado com o quê?"

"Preocupado, sensei? Não, não estou."

"Será que você vê alguma coisa um pouco ofensiva no velho Gisaburo?"

"Nem um pouco, sensei", eu ri, constrangido. "Ora, nem um pouco. É um cavalheiro muito agradável."

Durante um breve momento depois disso, conversamos sobre outros assuntos, sobre qualquer coisa que viesse à mente. Mas quando Mori-san voltou a conversa para "preocupações", quando ficou claro que estava preparado para ficar ali sentado até que eu desabafasse, finalmente falei:

"O Gisaburo-san parece mesmo ser um cavalheiro de muito bom coração. Ele e suas bailarinas são muito gentis de nos divertir. Mas não consigo deixar de pensar, sensei, que eles têm nos visitado tantas vezes nesses últimos meses."

Mori-san não respondeu, então continuei:

"Desculpe, sensei, não quero faltar com o respeito ao Gisaburo-san e o pessoal dele. Mas às vezes fico um pouco intrigado. Fico intrigado de nós, artistas, devotarmos tanto tempo nosso na companhia de gente como o Gisaburo-san."

Acredito que foi nesse instante que meu professor se levantou e, de lanterna na mão, atravessou a sala até a parede dos fundos do depósito. A parede antes estava no escuro, mas quando ele ergueu a lanterna, três xilogravuras penduradas, uma abaixo da outra, ficaram claramente iluminadas. Cada uma retratava uma gueixa ajeitando o penteado, cada uma sentada no chão e vista de costas. Mori-san estudou os quadros por alguns momentos, passando a lanterna de um para outro. Depois sacudiu a cabeça e murmurou para si mesmo: "Fatalmente errados. Fatalmente errados por preocupações triviais". Segundos depois, acrescentou sem tirar os olhos dos quadros: "Mas sempre se tem afeto pelos primeiros trabalhos. Talvez você um dia venha a sentir a mesma coisa pelo trabalho que fez aqui". Ele então sacudiu a cabeça de novo, disse: "Mas estes aqui estão fatalmente errados, Ono".

"Não posso concordar, sensei", disse eu. "Acho que essas

gravuras são exemplos maravilhosos de como o talento de um artista transcende as limitações de um determinado estilo. Sempre achei uma grande pena as primeiras gravuras do sensei ficarem confinadas em salas como esta. Tenho certeza de que deviam estar expostas junto com suas pinturas."

Mori-san ficou absorto em seus quadros. "Fatalmente errados", repetiu. "Mas acho que eu era muito jovem." Ele moveu a lanterna de novo, fazendo um quadro sumir na sombra e outro aparecer. Então disse: "Estes são todos cenas de uma certa casa de gueixas em Honcho. Uma muito bem-conceituada em meu tempo de jovem. Gisaburo e eu sempre íamos juntos a esses lugares". Depois de um ou dois momentos, disse de novo: "Estes estão fatalmente errados, Ono".

"Mas, sensei, não consigo perceber quais erros até mesmo o olho mais exigente conseguiria ver nessas gravuras."

Ele continuou a estudar os quadros por mais algum tempo, depois voltou pela sala. Achei que levava um tempo imenso abrindo seu caminho por entre os objetos no chão; às vezes, eu o ouvia murmurar consigo mesmo, ou o som de seu pé que afastava um frasco ou uma caixa. Na verdade, uma ou duas vezes, achei que Mori-san estava de fato procurando alguma coisa — quem sabe mais gravuras antigas — em meio às pilhas caóticas, mas ele acabou se sentando de volta no velho baú de madeira e deu um suspiro. Depois de mais alguns minutos de silêncio, ele disse:

"O Gisaburo é um homem infeliz. Teve uma vida triste. O talento dele se arruinou. Aqueles que ele um dia amou há muito morreram ou foram embora. Mesmo em nosso tempo de jovens, ele já era uma personalidade solitária, triste." Mori-san fez uma pausa. Depois continuou: "Mas aí às vezes bebíamos e nos divertíamos com as mulheres dos bairros do prazer e Gisaburo ficava feliz outra vez. Aquelas mulheres diziam para ele tudo o que ele queria ouvir, e pelo menos durante uma noite ele era capaz de acreditar nelas. Quando chegava a manhã, claro, ele era um homem inteligente demais para continuar acreditando nessas coisas. Mas Gisaburo não dava menos valor a essas noites por causa disso. As melhores coisas, ele costumava dizer, se juntam durante a noite e desaparecem com a manhã. O que as pessoas chamam de mundo flutuante, Ono, era um mundo que Gisaburo sabia valorizar".

Mori-san fez uma pausa outra vez. Como antes, eu só via a sua silhueta, mas minha impressão era que ele escutava os sons de alegria do outro lado do pátio. Então disse: "Ele está mais velho e mais triste agora, mas mudou pouco sob vários aspectos. Hoje ele está feliz, como ficava naquelas casas do prazer". Respirou fundo, como se estivesse fumando tabaco. Então continuou: "A melhor beleza, a mais frágil, que um artista pode ter a esperança de captar flutua dentro daquelas casas do prazer depois que escurece. E em noites como estas, Ono, alguma beleza dessas flutua aqui pelas nossas salas. Mas quanto àqueles quadros ali, eles nem chegam perto dessas qualidades transitórias, ilusórias. Têm falhas profundas, Ono".

"Mas, sensei, a meus olhos, são exatamente essas coisas que as gravuras sugerem de um jeito muito impressionante."

"Eu era muito jovem quando fiz essas gravuras. Desconfio que eu não conseguia celebrar o mundo flutuante porque não conseguia acreditar em seu valor. Jovens muitas vezes se sentem culpados por causa do prazer, e creio que eu não era diferente. Creio que eu achava que passar meu tempo num lugar desses, gastar minha capacidade celebrando coisas tão intangíveis e passageiras, acho que eu considerava isso tudo desperdício, tudo muito decadente. É difícil apreciar a beleza de um mundo quando se duvida de sua própria validade."

Pensei sobre isso e falei: "De fato, sensei, admito que o que o senhor diz pode se aplicar a meu trabalho. Farei todo o possível para endireitar as coisas".

Mori-san pareceu não me ouvir. "Mas há muito tempo perdi todas essas dúvidas, Ono", ele continuou. "Quando eu ficar velho, quando olhar o passado e perceber que devotei minha vida a captar a beleza única desse mundo, acredito que ficarei bem satisfeito. E nenhum homem me fará acreditar que desperdicei meu tempo."

É possível, claro, que Mori-san não tenha usado essas palavras exatas. Na verdade, pensando bem, essas frases soam muito mais como o tipo de coisa que eu próprio declararia a meus alunos depois de ter bebido um pouco no Migi-Hidari. "Como a nova geração de artistas japoneses, vocês têm uma grande responsabilidade com a cultura desta nação. E embora eu só possa merecer um pequeno elogio por minhas pinturas, quando olho para o meu passado e lembro que estimulei e prestei assistência à carreira de todos vocês, então nenhum homem me fará acreditar que desperdicei meu tempo." E sempre que eu fazia essa declaração, todos aqueles rapazes reunidos em torno da mesa disputavam uns com os outros em protesto pela maneira como eu havia relegado minhas próprias pinturas — as quais, clamavam a me informar, eram sem dúvida grandes obras com seu lugar garantido na posteridade. Mas, por outro lado, como eu disse, muitas frases e expressões que vieram a ser muito caracteristicamente minhas, eu efetivamente herdei de Mori-san, e então é muito possível que essas tenham sido as palavras exatas do meu professor aquela noite, instiladas em mim pela poderosa impressão que exerceram naquela época.

Mas me dispersei outra vez. Estava tentando lembrar do almoço com meu neto na loja de departamentos no mês passado, depois da incômoda conversa com Setsuko no parque Kawabe. Na verdade, acho que estava lembrando de Ichiro a exaltar o espinafre.

Lembro que, quando chegou nosso almoço, Ichiro ficou ali preocupado com o espinafre em seu prato, cutucando-o com a colher. Então ergueu os olhos e disse: "Oji, olhe!".

Meu neto passou a empilhar o máximo possível de espinafre na colher, depois levantou-o bem alto e começou a despejá-lo na boca. Seu método parecia o de alguém que bebe os últimos goles de uma garrafa.

"Ichiro", eu disse, "não tenho certeza de que isso seja educado."

Mas meu neto continuou a pôr mais espinafre na boca, mastigando vigorosamente o tempo todo. Só pousou a colher quando estava vazia e suas bochechas cheias a ponto de explodirem. Então, ainda mastigando, fixou no rosto uma expressão dura, estufou o peito e começou a socar o ar à sua volta.

"O que está fazendo, Ichiro? Me diga agora mesmo o que está fazendo."

"Adivinhe, Oji!", disse ele, através do espinafre.

"Hum. Não sei, Ichiro. Um homem que bebeu saquê e luta. Não? Então me diga. Oji não consegue adivinhar."

"O marinheiro Popeye!"

"Quem é esse, Ichiro? Outro dos seus heróis?"

"O marinheiro Popeye come espinafre. E ele fica forte com o espinafre." Ele estufa o peito outra vez e dá mais socos no ar.

"Entendi, Ichiro", eu disse e ri. "Espinafre é uma comida ótima mesmo."

"Saquê deixa forte?"

Sorri e sacudi a cabeça. "Saquê faz você pensar que é forte. Mas na verdade, Ichiro, você não fica nem um pouco mais forte depois que bebe."

"Então por que os homens bebem saquê, Oji?"

"Não sei, Ichiro. Talvez porque durante um momento eles acreditem que ficam mais fortes. Mas saquê não deixa realmente um homem mais forte."

"Espinafre deixa, sim, forte de verdade."

"Então espinafre é muito melhor que saquê. Continue comendo espinafre, Ichiro. Mas, olhe, que tal todas essas outras coisas no seu prato?"

"Eu gosto de beber saquê também. E uísque. Onde eu moro tem um bar aonde eu vou sempre."

"É mesmo, Ichiro? Acho que é melhor você continuar comendo espinafre. Como você disse, deixa você forte de verdade."

"Eu gosto mais de saquê. Bebo dez garrafas toda noite. Depois bebo dez garrafas de uísque."

"É mesmo, Ichiro? Ora, isso é que é beber de verdade. Deve ser uma dor de cabeça para a sua mãe."

"As mulheres nunca entendem por que nós homens bebemos", disse Ichiro, e voltou a atenção para o almoço à sua frente. Porém logo ergueu os olhos de novo e disse: "O Oji vem jantar hoje de noite?".

"Isso mesmo, Ichiro. Espero que a tia Noriko faça alguma coisa bem gostosa."

"A tia Noriko comprou saquê. Ela disse que o Oji e o tio Taro vão beber tudo."

"Bom, pode ser mesmo. Tenho certeza que as mulheres vão gostar de um pouquinho também. Mas ela tem razão, Ichiro. Saquê é principalmente para os homens."

"Oji, o que acontece se as mulheres beberem saquê?"

"Hum. Não dá para saber. As mulheres não são tão fortes como nós, homens, Ichiro. Então talvez elas fiquem bêbadas mais depressa."

"A tia Noriko fica bêbada! Ela pode beber um copinho e fica completamente bêbada!"

Eu dei uma risada. "É muito possível."

"A tia Noriko fica completamente bêbada! Ela canta músicas e depois dorme na mesa!"

167

"Bom, Ichiro", falei, ainda rindo, "então é melhor nós homens guardarmos o saquê para nós, não é?"

"Homem é mais forte, então pode beber mais."

"Isso mesmo, Ichiro. Melhor guardar o saquê para nós."

Então, depois de pensar um momento, acrescentei: "Acho que você agora tem oito anos, Ichiro. Está crescendo e vai ser um homem grande. Quem sabe? Quem sabe o Oji dá um pouco de saquê para você hoje à noite".

Meu neto olhou para mim com uma expressão ligeiramente ameaçadora e não disse nada. Sorri para ele, depois olhei para o céu cinza-pálido fora das janelas ao nosso lado.

"Você não conheceu seu tio, Kenji, Ichiro. Quando ele tinha a sua idade, era grande e forte como você agora. Lembro que ele provou saquê pela primeira quando tinha mais ou menos a sua idade. Vou providenciar, Ichiro, que você experimente um pouco hoje à noite."

Ichiro pareceu ponderar isso um momento. E disse:

"Mamãe pode ser um problema."

"Não se preocupe com sua mãe, Ichiro. Seu Oji consegue lidar com ela."

Ichiro sacudiu a cabeça, aborrecido. "As mulheres nunca entendem os homens beberem", ele observou.

"Bom, está na hora de um homem como você experimentar um pouco de saquê. Não se preocupe, Ichiro, deixe sua mãe por conta do Oji. Não podemos deixar as mulheres mandando na gente, não é?"

Meu neto continuou absorto em pensamentos por um momento. Então, de repente falou, muito alto:

"Tia Noriko fica bêbada!"

Eu ri. "Vamos ver, Ichiro", eu disse.

"Tia Noriko pode ficar completamente bêbada!"

Foi talvez quinze minutos depois, ou mais, quando estávamos esperando o sorvete, que Ichiro perguntou com voz pensativa.

"Oji, você conheceu o Yujiro Naguchi?"

"Você quer dizer Yukio Naguchi, Ichiro. Não, não conheci o sr. Naguchi pessoalmente."

Meu neto não respondeu, aparentemente absorto em seu reflexo no vidro a seu lado.

"Sua mãe", continuei, "também parecia estar com o sr. Naguchi na cabeça quando conversamos no parque hoje de manhã. Acredito que os adultos estavam falando dele no jantar ontem à noite, estavam?"

Durante um momento, Ichiro continuou olhando seu reflexo. Então voltou-se para mim e perguntou:

"O sr. Naguchi era igual o Oji?"

"Se o sr. Naguchi era como eu? Bom, sua mãe, por exemplo, parece que não acha. Foi só uma coisa que falei para seu tio Taro uma vez, Ichiro, nada sério. Sua mãe parece ter dado importância demais a isso. Nem me lembro bem o que eu estava conversando com o tio Taro nessa ocasião, mas o Oji sugeriu que tinha uma ou duas coisas em comum com gente como o sr. Naguchi. Agora me diga, Ichiro, o que os adultos estavam falando ontem à noite?"

"Oji, por que o sr. Naguchi se matou?"

"Difícil dizer com certeza, Ichiro. Eu não conheci o sr. Naguchi pessoalmente."

"Mas ele era um homem mau?"

"Não. Ele não era um homem mau. Era só alguém que trabalhou muito duro fazendo o que achava que era o melhor. Mas sabe, Ichiro, quando a guerra terminou, as coisas estavam muito diferentes. As músicas que o sr. Naguchi compôs ficaram muito famosas, não só nesta cidade, mas no Japão inteiro. Cantavam no rádio e nos bares. E gente como seu tio Kenji cantava essas músicas quando estava marchando ou antes da batalha. E depois da guerra, o sr. Naguchi achou que suas músicas tinham sido — bom — uma espécie de erro. Ele pensou em todas as pessoas que haviam morrido, todos os menininhos da sua idade, Ichiro, que não tinham mais pais, pensou em todas essas coisas e achou que talvez as suas músicas tivessem sido um erro. E sentiu que tinha de se desculpar. Com todo mundo que havia sobrado. Os menininhos que não tinham mais pais. E os pais que haviam perdido menininhos como você. Para toda essa gente ele queria pedir desculpas. Acho que foi por isso que ele se matou. O sr. Naguchi não era um homem mau de jeito nenhum, Ichiro. Ele foi valente quando admitiu os erros que tinha cometido. Foi muito valente e honrado."

Ichiro me olhava com uma expressão pensativa. Dei uma risada e disse: "O que foi, Ichiro?".

Meu neto fez menção de falar algo, mas virou-se de novo para olhar seu rosto refletido no vidro.

"O seu Oji nunca quis dizer nada especial quando disse que era como o sr. Naguchi", falei. "Foi só uma piada que eu fiz, nada de mais. Diga isso para sua mãe da próxima vez que ouvir que ela está falando sobre o sr. Naguchi. Porque pelo que me disse hoje de manhã, ela entendeu a coisa toda muito errado. O que foi, Ichiro? De repente tão quieto."

Depois do almoço, passamos algum tempo passeando pelas lojas do centro da cidade, olhando brinquedos e livros. Então, mais para o fim da tarde, ofereci a Ichiro outro sorvete em um daqueles lugares elegantes da rua Sakurabashi, antes de irmos para o novo apartamento de Taro e Noriko, em Izumimachi.

A região de Izumimachi, como você deve saber, se tornou muito popular entre jovens casais das melhores famílias e, de fato, há ali um clima limpo e respeitável. Mas quase todos os conjuntos de apartamentos recém-construídos que atraíram esses jovens casais me parecem apertados e sem imaginação. O apartamento de Taro e Noriko, por exemplo, é um lugar de dois cômodos pequenos, no terceiro andar: o teto é baixo, entra som dos apartamentos vizinhos e a vista da janela é principalmente as janelas do prédio do lado oposto. Estou certo de que não é simplesmente por estar acostumado a minha casa mais espaçosa e tradicional que, depois de pouco tempo, começo a sentir o lugar claustrofóbico. Noriko, porém, parece muito orgulhosa de seu apartamento e está sempre louvando suas qualidades "modernas". Aparentemente, é muito fácil de manter limpo, e a ventilação é muito eficiente; em especial, as cozinhas e os banheiros de todo o prédio são de modelo ocidental e, pelo que me garante minha filha, infinitamente mais práticos do que, digamos, os arranjos em minha casa.

Por mais conveniente que seja, a cozinha é muito pequena, e quando entrei nela aquela noite para ver como minhas filhas estavam progredindo com a comida, parecia não haver lugar para mim. Por isso, e porque minhas filhas pareciam ambas ocupadas, não fiquei ali conversando muito tempo. Mas observei a certa altura:

"Sabe, Ichiro me disse à tarde que gostaria de experimentar um pouco de saquê."

Setsuko e Noriko, que estavam lado a lado cortando vegetais, pararam e olharam para mim.

"Pensei um pouco e decidi que devemos deixar que ele prove um pouquinho", continuei. "Mas talvez vocês devam diluir com um pouco de água."

"Desculpe, pai", disse Setsuko, "mas está sugerindo que Ichiro beba saquê agora à noite?"

"Só um pouquinho. Afinal, ele está crescido. Mas como eu disse, é melhor diluir."

Minhas filhas trocaram olhares. Então, Noriko falou: "Pai, ele tem só oito anos".

"Não faz mal nenhum, contanto que dilua com água. Vocês mulheres podem não entender, mas essas coisas são muito importantes para um menino como Ichiro. É uma questão de orgulho. Ele vai se lembrar disso pelo resto da vida."

"Pai, que bobagem", disse Noriko. "Ichiro iria simplesmente passar mal."

"Bobagem ou não, pensei com muito cuidado no assunto. Vocês mulheres às vezes não têm empatia pelo orgulho de um menino." Apontei o saquê na prateleira acima da cabeça delas. "Só uma gotinha basta."

Com isso me virei para sair. Mas então ouvi Noriko dizer: "Setsuko, está fora de questão. Não sei o que papai está pensando".

"Por que toda essa confusão?", eu disse, virando-me na porta. Atrás de mim, na sala principal, podia ouvir Taro e meu neto dando risada de alguma coisa. Baixei a voz e continuei:

"De qualquer forma, agora já prometi para ele, está esperando por isso. Vocês mulheres às vezes simplesmente não entendem de orgulho."

Estava para sair de novo quando, dessa vez, Setsuko falou:

"É muita bondade de papai levar em conta os sentimentos de Ichiro com tanta atenção. Mas me pergunto se não seria talvez melhor esperar Ichiro ficar um pouco mais velho."

Dei uma breve risada. "Sabe, me lembro de sua mãe protestando exatamente do mesmo jeito quando resolvi deixar o Kenji experimentar saquê com essa idade. Bom, com certeza não fez mal nenhum a seu irmão."

Imediatamente, lamentei ter falado de Kenji numa discordância tão trivial. De fato, creio que fiquei momentaneamente bem chateado comigo mesmo, e é possível que não tenha prestado muita atenção ao que Setsuko disse em seguida. Em todo caso, parece que ela me disse algo como:

"Não resta dúvida de que papai dedicou o maior cuidado à criação de meu irmão. No entanto, à luz do que aconteceu, pode-se dizer que, em uma coisa ou outra pelo menos, mamãe pode, de fato, ter tido as ideias mais certas."

Para ser justo, é possível que ela não tenha dito nada tão desagradável. Na verdade, é possível que eu tenha entendido completamente errado o que ela disse de fato, porque me lembro nitidamente que Noriko não reagiu absolutamente às palavras da irmã e voltou a seus vegetais. Além disso, não creio que Setsuko fosse capaz de introduzir tão gratuitamente um tom desses na conversa. Por outro lado, quando penso no tipo de insinuações que Setsuko tinha feito antes no parque Kawabe, naquele mesmo dia, acho que tenho de admitir a possibilidade de ela ter dito algo assim. De qualquer forma, me lembro de Setsuko concluir, dizendo:

"Além disso, creio que Suichi não ia querer que Ichiro bebesse saquê até ficar mais velho. Mas é muita bondade de papai ter demonstrado tanta consideração com os sentimentos de Ichiro."

Consciente de que Ichiro podia estar ouvindo nossa conversa, e como não queria nenhuma nuvem sobre uma reunião de família tão rara, deixei a discussão morrer ali e saí da cozinha. Durante algum tempo depois, pelo que me lembro, fiquei sentado na sala principal com Taro e Ichiro, em agradável conversa, enquanto esperávamos o jantar.

Acabamos sentando para comer uma hora mais tarde, talvez. Quando o fazíamos, Ichiro pegou a garrafa de saquê da mesa, tamborilou nela com os dedos e me olhou significativamente. Sorri para ele, mas não disse nada.

As mulheres tinham preparado uma refeição esplêndida e a conversa logo correu sem esforço. A certa altura, Taro nos fez rir com a história de um colega de trabalho que, devido a uma mistura de azar com sua própria tolice, ganhara fama de nunca cumprir os prazos. No meio do relato da história, Taro disse:

"De fato, as coisas chegaram a tal ponto que parece que nossos superiores passaram a chamar meu colega de 'o Tartaruga'. Durante uma reunião recente, o sr. Hayasaka se distraiu e disse: 'Vamos ouvir o relatório do Tartaruga e depois paramos para almoçar'."

"É mesmo?", exclamei um tanto surpreso. "Que curioso. Eu mesmo tive uma vez um colega que tinha esse apelido. Pelo visto exatamente pelas mesmas razões."

Mas Taro não pareceu muito impressionado com essa coincidência. Balançou a cabeça polidamente e disse: "Lembro que na escola também havia um aluno que nós todos chamávamos de 'o Tartaruga'. De fato, assim como todo grupo tem um líder natural, desconfio que todo grupo tem seu 'Tartaruga'".

Com isso Taro retomou sua anedota. Claro, pensando agora, creio que meu genro estava correto; a maioria dos grupos tem seus "Tartarugas", mesmo que esse nome em si não seja sempre usado. Entre os meus alunos, por exemplo, era Shintaro quem preenchia esse papel. Não que isso negue a competência básica de Shintaro; mas quando colocado ao lado de gente como Kuroda, era como se faltasse toda uma dimensão a seu talento.

Acho que, no geral, eu não tenha grande admiração pelos Tartarugas deste mundo. Embora se possa apreciar sua laboriosa constância e capacidade de sobreviver, suspeita-se de sua falta de franqueza, de sua capacidade de trair. E acredito que, no fim, acaba sendo desprezível sua relutância em arriscar em nome da ambição ou em favor de um princípio em que dizem acreditar. Esse tipo de gente jamais será vítima da espécie de catástrofe que, digamos, Akira Sugimura sofreu com o parque Kawabe; mas da mesma forma, apesar de certo respeito de pequeno porte que podem conquistar às vezes como professores ou seja lá o que for, nunca conquistarão nada acima de medíocre.

Verdade que eu me afeiçoei muito ao Tartaruga durante

aqueles anos que passamos juntos na casa de campo de Mori-san, mas acredito que nunca o respeitei como um igual. Isso tinha a ver com a natureza mesma de nossa amizade, forjada durante a época em que o Tartaruga foi perseguido na empresa do mestre Takeda, e depois devido a todas as suas dificuldades em nossos primeiros meses na casa de campo; de alguma forma, depois de um tempo, nossa relação havia se solidificado como uma amizade em que ele estava perpetuamente devendo a mim por algum indefinido "apoio" que lhe dei. Muito depois de ter aprendido a pintar sem despertar a hostilidade dos outros na casa de campo, muito depois de ter se tornado benquisto no geral por sua natureza agradável, gentil, ele ainda me dizia coisas como:

"Sou muito grato a você, Ono-san. É graças a você que sou tão bem tratado aqui."

Em certo sentido, claro, o Tartaruga devia *mesmo* algo a mim; pois é claro que sem a minha iniciativa ele nunca teria pensado em deixar o mestre Takeda para se tornar aluno de Mori-san. Ele fora extremamente relutante em dar um passo tão aventureiro, mas uma vez compelido a fazê-lo, nunca duvidou da decisão. De fato, o Tartaruga tinha tamanha reverência por Mori-san que durante longo tempo — pelos primeiros dois anos, no mínimo — não me lembro de ele ser capaz de manter uma conversa com nosso professor, além de resmungar: "Sim, sensei" ou "Não, sensei".

Ao longo de todos esses anos, o Tartaruga continuou a pintar tão devagar como sempre, mas não ocorreu a ninguém usar isso contra ele. De fato, havia vários outros que trabalhavam tão devagar quanto ele, e essa facção, na verdade, costumava caçoar daqueles de nós com hábitos de trabalho mais rápido. Lembro-me de que nos rotulavam de "os maquinistas", comparando nosso jeito intenso e frenético de trabalhar quando nos ocorria uma ideia com um motorista de veículo que carrega carvão por medo que acabe o vapor a qualquer momento. Por nosso lado, chamávamos a facção lenta de "os retrancas". Um "retranca" era originalmente o termo usado na casa de campo para alguém que, numa sala lotada de gente a trabalhar nos cavaletes, insistia em dar um passo atrás a cada poucos minutos para olhar sua tela — e o resultado era que estava continuamente colidindo com os colegas que trabalhavam atrás dele. Claro que era bastante injusto sugerir que porque um artista gostava de se demorar em uma pintura — metaforicamente dando um passo atrás, por assim dizer — fosse mais culpado desse hábito antissocial, mas nós gostávamos do tom provocante do rótulo. Na verdade, me lembro de muitas brincadeiras bem-humoradas referentes a "maquinistas" e "retrancas".

É fato, porém, que praticamente todos nós tendíamos a ser culpados de ser "retrancas" e, por isso, na medida do possível, evitávamos ficar muito próximos ao trabalhar. Nos meses de verão, muitos de meus colegas armavam seus cavaletes separados em pontos ao longo das varandas, ou então no próprio pátio, enquanto outros insistiam em reservar grande número de salas porque gostavam de circular de sala em sala, de acordo com a luz. O Tartaruga e eu sempre tendíamos a trabalhar na cozinha fora de uso — um grande anexo, semelhante a um celeiro, atrás de uma das alas.

Ao entrar, o chão era de terra batida, mas ao fundo havia uma plataforma elevada, larga o bastante para nossos dois cavaletes. As vigas baixas com seus ganchos — de onde um dia penderam panelas e outros utensílios de cozinha — e as prateleiras de bambu nas paredes eram muito úteis para nossos pincéis, trapos, tintas etc. E me lembro que o Tartaruga e eu enchíamos com água um grande pote enegrecido, o levávamos à plataforma e pendurávamos na velha polia para que ficasse à altura do ombro entre nós, enquanto pintávamos.

Lembro de uma tarde em que estávamos pintando na cozinha como sempre e o Tartaruga disse:

"Estou muito curioso com essa sua pintura, Ono-san. Deve ser alguma coisa muito especial."

Sorri, sem tirar os olhos do trabalho. "Por que diz isso? É só uma pequena experiência minha, só isso."

"Mas, Ono-san, faz muito tempo que não vejo você trabalhar com tanta intensidade. E pediu privacidade. Você não pedia privacidade há pelo menos dois anos. Desde que estava preparando sua *Dança do leão* para sua primeira exposição."

Talvez eu deva explicar aqui que, de vez em quando, sempre que um pintor sentia que um determinado trabalho ficaria comprometido por comentários de qualquer tipo antes de terminado, ele "pedia privacidade" para essa obra, e então ficava entendido que ninguém devia tentar olhar o quadro até o momento em que o artista retirasse seu pedido. Era um arranjo sensato, uma vez que vivíamos e trabalhávamos tão próximos, que dava espaço para uma pessoa assumir riscos, sem medo de se fazer de bobo.

"Dá mesmo para notar tanto assim?", perguntei. "Achei que estava escondendo muito bem minha excitação."

"Deve estar esquecido, Ono-san. Estamos pintando lado a lado já faz quase oito anos agora. Ah, sim, dá para dizer que isso é uma coisa bem especial para você."

"Oito anos", comentei. "Acho que tem razão."

"É fato, Ono-san. E tem sido um privilégio trabalhar tão próximo de alguém com o seu talento. Um pouco humilhante às vezes, mas um grande privilégio mesmo assim."

"Está exagerando", eu disse, sorrindo, e continuei a pintar.

"Não mesmo, Ono-san. Na verdade, acho que eu nunca teria progredido como progredi esses anos sem a constante inspiração de ver seus trabalhos aparecerem diante dos meus olhos. Sem dúvida, você notou o quanto o meu modesto *Moça de ou-*

tono deve ao seu magnífico *Moça ao pôr do sol*. Uma das muitas tentativas de minha parte de imitar o seu brilhantismo. Percebo que é uma tênue tentativa, mas Mori-san teve a bondade de elogiar o quadro como um passo à frente significativo para mim."

"Eu me pergunto." Parei de pintar um momento e olhei meu trabalho. "Eu me pergunto se esta pintura aqui também vai inspirar você."

Continuei a olhar minha pintura quase terminada por um momento, depois olhei meu amigo por cima do pote suspenso entre nós. O Tartaruga estava pintando feliz, sem perceber meu olhar. Ganhara peso desde que o conheci no mestre Takeda, e o ar atormentado e temeroso daqueles dias tinha sido substituído em grande parte por um ar de infantil contentamento. Lembro mesmo que alguém naquela época comparou o Tartaruga a um cachorrinho filhote que alguém acabara de adotar, e, de fato, essa descrição não era inadequada à impressão que tive dele ao vê-lo pintar na velha cozinha aquela tarde.

"Diga, Tartaruga", falei. "Está feliz com esse seu trabalho de agora, está?"

"Muito feliz, obrigado, Ono-san", ele respondeu imediatamente. Depois, ergueu os olhos e acrescentou depressa, com um sorriso: "Claro que ainda tem de avançar muito para ficar ao lado do seu trabalho, Ono-san".

Seus olhos voltaram para a pintura e fiquei olhando mais alguns momentos enquanto ele trabalhava. Então perguntei:

"Você não pensa às vezes em tentar... alguma inovação?"

"Inovação, Ono-san?", ele perguntou, sem olhar para mim.

"Diga, Tartaruga, você não tem ambição de um dia produzir pinturas de genuína importância? Falo não simplesmente de trabalhos que podemos admirar e elogiar aqui entre nós na casa de campo. Falo de uma obra de real importância. Uma obra que será uma contribuição significativa para o povo de nossa nação. É para isso, Tartaruga, que falo da necessidade de inovação."

Ao dizer isso, eu o observei cuidadosamente, mas o Tartaruga não parou de pintar.

"Para falar a verdade, Ono-san", disse ele, "alguém em minha humilde posição está sempre tentando inovações. Mas durante esse último ano, acredito que estou começando a encontrar o caminho certo, afinal. Sabe, Ono-san, notei que Mori-san olhava meu trabalho com mais e mais atenção no ano passado. Sei que ele está satisfeito comigo. Quem sabe, em algum momento no futuro, posso até ter permissão de expor ao lado de você e de Mori-san." Então ele finalmente olhou para mim e riu, intimidado. "Desculpe, Ono-san. É só uma fantasia para eu perseverar."

Resolvi deixar morrer o assunto. Eu tinha intenção de tentar de novo, mais tarde, atrair a confiança de meu amigo, mas, no fim das contas, fui impedido pelos acontecimentos.

Foi numa manhã ensolarada, poucos dias depois dessa conversa que entrei na velha cozinha e encontrei o Tartaruga parado na plataforma dos fundos da construção que parecia um celeiro, olhando para mim. Espremi os olhos um momento para me adaptar à sombra, depois da claridade da manhã lá fora, mas logo notei sua expressão cautelosa, quase alarmada; de fato, havia alguma coisa na maneira como ele levantou o braço, desajeitado, até a altura do peito e o deixou cair outra vez, que sugeria que esperava que eu fosse atacá-lo. Não tinha feito nem uma tentativa de armar seu cavalete ou de se preparar para o trabalho do dia, e, quando o cumprimentei, ficou em silêncio. Eu me aproximei e perguntei:

"Algo errado?"

"Ono-san...", ele murmurou, mas não disse mais nada. Então, quando cheguei à plataforma, ele olhou nervosamente para a esquerda. Acompanhei seu olhar até minha pintura inacabada, coberta e virada para a parede. O Tartaruga apontou para ela nervosamente e perguntou:

"Ono-san, isso é alguma piada sua?"

"Não, Tartaruga", eu disse e subi à plataforma. "Não é uma piada."

Fui até a pintura, removi o pano e a virei de frente para nós. O Tartaruga imediatamente desviou os olhos.

"Meu amigo", eu disse, "uma vez você teve a coragem de me ouvir e nós dois juntos demos um passo importante em nossas carreiras. Pergunto a você agora se levaria em conta tomar outro passo adiante comigo."

O Tartaruga continuou de rosto virado. Ele disse:

"Ono-san, nosso professor sabe dessa pintura?"

"Não, não ainda. Mas acho que posso mostrar para ele. De agora em diante, pretendo pintar sempre nessa linha. Tartaruga, olhe a minha pintura. Deixe eu explicar a você o que estou tentando fazer. Então, talvez nós dois possamos dar um importante passo à frente juntos."

Por fim, ele se virou e olhou para mim.

"Ono-san", disse quase num sussurro, "você é um traidor. Agora, por favor, me dê licença."

E saiu depressa da cozinha.

A pintura que tanto perturbou o Tartaruga é intitulada *Complacência*, e embora não tenha ficado muito tempo em meu poder, tal era o meu investimento nela naquele momento que seus detalhes ficaram gravados em minha memória; de fato, se eu quisesse, sinto que poderia recriar esse quadro hoje bem minuciosamente. A inspiração por trás dele tinha sido uma pequena cena que eu havia testemunhado algumas semanas antes, algo que eu tinha visto caminhando com Matsuda.

Lembro que estávamos a caminho de encontrar alguns colegas de Matsuda da Sociedade Okada-Shingen que ele queria me apresentar. Era no fim do verão, e os dias mais quentes já tinham passado, mas me lembro de acompanhar o passo firme de

Matsuda pela ponte de metal de Nishizuru a enxugar o suor da testa e querendo que meu companheiro andasse mais devagar. Nesse dia, Matsuda estava usando um elegante paletó branco e, como sempre, o chapéu de lado, estiloso. Apesar do ritmo, seus passos tinham uma qualidade tranquila, sem nenhuma sugestão de pressa. E quando ele parou na metade da ponte, vi que parecia nem sofrer com o calor.

"Daqui se tem uma vista interessante", ele observou. "Concorda, Ono?"

A vista abaixo de nós era emoldurada por duas fábricas, uma se erguia à nossa direita, outra à nossa esquerda. Cravado entre elas, um denso aglomerado de telhados, alguns de telhas de madeira do tipo barato, outros improvisados com metal corrugado. O bairro de Nishizuru ainda hoje tem fama de ser uma área pobre, mas naquela época as coisas eram infinitamente piores. Um estranho poderia supor que, vista da ponte, aquela comunidade era algum local degradado a meio caminho da demolição, não fosse pelas muitas figurinhas, visíveis a um olhar mais atento, movendo-se ocupadas em torno das casas, como formigas em torno de pedras.

"Olhe lá embaixo, Ono", disse Matsuda. "Nossa cidade tem mais e mais lugares assim. Há apenas dois ou três anos, não era um lugar tão ruim. Mas agora está virando uma favela. Mais e mais pessoas ficam pobres, Ono, e são obrigadas a deixar suas casas no campo e se juntar a seus companheiros sofredores em um lugar assim."

"Que terrível", eu disse. "Dá vontade de fazer alguma coisa por eles."

Matsuda sorriu para mim — um de seus sorrisos superiores que sempre faziam com que eu me sentisse incomodado e tolo. "Sentimentos bem-intencionados", ele disse, voltando-se para a vista. "Nós todos dizemos isso. Em todos os momentos da vida.

Enquanto isso, lugares como esse crescem como fungos. Respire fundo, Ono. Até daqui dá para sentir o cheiro do esgoto."

"Notei o cheiro. Vem mesmo lá de baixo?"

Matsuda não respondeu, só continuou olhando aquela comunidade de barracos com um estranho sorriso no rosto. Então disse:

"Políticos e homens de negócio raramente veem um lugar como esse. Se veem, mantêm uma distância segura, como nós agora. Duvido que muitos políticos ou empresários tenham passado por aqui. A propósito, duvido até que muitos artistas passem por aqui."

Notei o desafio na voz dele e disse:

"Eu não discordaria se não fosse nos atrasar para nosso compromisso."

"Ao contrário, vamos economizar um quilômetro ou dois cortando caminho por ali."

Matsuda tinha razão em supor que o cheiro vinha dos esgotos daquela comunidade. Quando descemos até o pé da ponte de aço e começamos a seguir por uma série de vielas estreitas, o cheiro ficou ainda mais forte, até se tornar quase nauseante. Não havia mais nenhum traço de vento para combater o calor, o único movimento no ar em torno de nós era o perpétuo zunir de moscas. Mais uma vez, me vi lutando para acompanhar os passos de Matsuda, mas dessa vez não senti nenhum desejo de que ele fosse mais devagar.

De ambos os lados havia o que podiam ser barracas de algum mercado, fechado durante o dia, mas que eram na verdade casas individuais, separadas da viela às vezes por uma cortina de pano apenas. Em algumas portas, havia velhos sentados que, enquanto passávamos, lançavam-nos olhares interessados, mas nunca hostis; parecia haver crianças pequenas indo e vindo em todas as direções, enquanto gatos também pareciam correr sem parar em torno de nossos pés. Continuamos andando, desviamos de lençóis e roupas lavadas pendurados em rústicos pedaços de barbante; passamos por bebês que choravam, cachorros que latiam e vizinhos que conversavam amigavelmente cada um de um lado da viela, aparentemente por trás de cortinas fechadas. Depois de um tempo, fiquei cada vez mais consciente das valas de esgoto a céu aberto cavadas de ambos os lados do caminho estreito que seguíamos. Havia moscas pairando sobre toda a sua extensão e, ao continuar acompanhando Matsuda, tive a nítida sensação de que o espaço entre as valas ficava mais e mais estreito, até parecer que estávamos nos equilibrando em cima de um tronco de árvore caído.

Chegamos por fim a uma espécie de pátio, onde uma multidão de casebres fechava o caminho à frente. Mas Matsuda apontou uma brecha entre dois barracões pela qual se via um pedaço aberto de terrenos baldios.

"Se cortarmos por aqui", disse ele, "vamos sair atrás da rua Kogane."

Perto da entrada da passagem que Matsuda indicou, notei três meninos pequenos debruçados sobre alguma coisa no chão, que cutucavam com gravetos. Ao nos aproximarmos, eles se voltaram, carrancudos, e embora eu não tenha visto nada, algo na maneira deles me disse que estavam torturando algum animal. Matsuda deve ter chegado à mesma conclusão porque me disse ao passarmos: "Bom, eles não têm muita coisa mais com que se divertir por aqui".

Na hora, não dei muita importância aos meninos. Mas, dias depois, aquela imagem dos três a nos olhar com carrancas no rosto, brandindo seus gravetos, parados no meio daquela esqualidez, me voltou com alguma vivacidade e usei-a como imagem central de *Complacência*. Mas devo notar que, quando o Tartaruga espiou minha pintura inacabada aquela manhã, os três meninos que viu eram diferentes de seus modelos em um ou dois aspectos importantes. Pois embora ainda estivessem diante de um barraco esquálido e suas roupas fossem os mesmos trapos que os meninos originais usavam, a carranca em seus rostos não era culpada, mas carrancas defensivas de pequenos criminosos pegos em flagrante; pareciam mais exibir as carrancas viris de guerreiros samurais prontos para a luta. Além disso, não era coincidência que os meninos de meu quadro segurassem seus gravetos nas poses clássicas do kendo.

Acima das cabeças desses três meninos, o Tartaruga devia ter visto a pintura se dissolver numa segunda imagem — a de três homens gordos e bem-vestidos sentados num bar confortável, rindo. A expressão de seus rostos parece decadente; talvez trocassem piadas sobre suas amantes ou algo assim. Essas duas imagens contrastantes se fundem dentro do contorno do litoral das ilhas japonesas. À margem direita inferior, em grossos caracteres vermelhos, a palavra "Complacência"; no lado esquerdo inferior, em caracteres menores, a declaração: "Mas os jovens estão prontos a lutar por sua dignidade".

Quando descrevo esse trabalho de juventude, sem dúvida pouco sofisticado, certos traços podem talvez lhe parecer familiares. Porque é possível que você conheça minha pintura *Olhos no horizonte*, que, como uma gravura nos anos 1930, adquiriu certa fama e influência por toda a cidade. *Olhos no horizonte* era de fato a *Complacência* retrabalhada, embora com as diferenças que se poderia esperar, dada a passagem dos anos entre as duas. Você talvez se lembre que esta última obra também empregava duas imagens contrastantes, fundindo-se uma com a outra, cercadas pelo contorno do litoral do Japão; a imagem superior era outra vez a de três homens bem-vestidos conferenciando, mas dessa vez tinham expressões nervosas, esperando iniciativa uns dos outros. E não preciso lembrar que esses rostos lembravam os de três políticos eminentes. Na imagem inferior, mais dominante, os três meninos pobres tinham se tornado soldados de rosto sério; dois portavam rifles com baionetas, flanqueando um oficial de espada erguida, que aponta o caminho a seguir, oeste, na direção da Ásia. Por trás deles, não mais um fundo de pobreza; simplesmente a bandeira militar do sol nascente. A palavra "Complacência" na margem direita inferior substituída por "Olhos no horizonte!", e no lado esquerdo a mensagem: "Não é hora de covardia. O Japão tem de ir em frente".

Claro, se você é novo nesta cidade, é possível que não tenha visto esse trabalho. Mas não acho que seja exagero dizer que muita gente que aqui vivia antes da guerra o conheceu, pois foi muito elogiado na época pelo vigor da técnica da pincelada e, principalmente, pelo poderoso uso da cor. Mas tenho plena consciência, claro, que *Olhos no horizonte*, apesar de seus méritos artísticos, é uma pintura cujo sentimento está hoje superado. De fato, eu seria o primeiro a admitir que esses mesmos sentimentos sejam talvez dignos de condenação. Não sou de ter medo das consequências das realizações passadas.

Mas eu não queria discutir *Olhos no horizonte*. Só o mencionei aqui por causa de sua relação óbvia com aquela pintura anterior e, suponho, para reconhecer o impacto que o encontro com Matsuda teve em minha carreira posterior. Eu começara a encontrar com Matsuda regularmente algumas semanas antes daquela manhã na cozinha em que o Tartaruga fez sua descoberta. Suponho que a força do apelo de suas ideias para mim é que tenha me levado a continuar encontrando com ele, porque, pelo que me lembro, de início não gostei muito dele. De fato, a maior parte de nossas primeiras reuniões terminava com ambos extremamente antagônicos um com o outro. Lembro de uma noite, por exemplo, não muito depois do dia em que o acompanhei pela pobreza de Nishizuru, a caminho de um bar em algum lugar no centro da cidade. Não me lembro do nome nem da localização do bar, mas lembro vivamente que era um lugar escuro, sujo, frequentado pelo que parecia ser a baixa vida da cidade. Fiquei apreensivo logo ao entrar, mas Matsuda parecia conhecer bem o lugar, saudou alguns homens que jogavam cartas em torno de uma mesa, antes de me levar para uma alcova que continha uma mesa pequena, desocupada.

Minha apreensão não se aliviou quando, logo depois de nos sentarmos, dois homens de aspecto rústico, ambos bastante bêbados, entraram cambaleantes na alcova, querendo puxar conversa. Matsuda lhes disse bem francamente que fossem embora, e eu esperava problemas com certeza, mas alguma coisa em meu companheiro pareceu desencorajar os homens e eles saíram sem comentários.

Depois disso, bebemos e conversamos durante algum tempo e, não demorou muito, nossa discussão ficou abrasiva. A certa altura, me lembro de dizer a ele:

"Sem dúvida nós artistas podemos às vezes merecer a zombaria de gente como você. Mas creio que está enganado ao presumir que somos todos tão ingênuos a respeito do mundo."

Matsuda riu e disse:

"Mas você deve lembrar, Ono, que eu conheço muitos artistas. No geral, vocês são um bando incrivelmente decadente. Muitas vezes, não sabem muito mais do que uma criança sobre os assuntos deste mundo."

Eu ia protestar, mas Matsuda continuou: "Veja esse seu projeto por exemplo, Ono. Esse que você estava propondo com tanto empenho agora há pouco. É muito tocante, mas se me permite dizer, revela toda a ingenuidade típica de vocês, artistas plásticos".

"Não vejo por que minha ideia mereça tanta zombaria de sua parte. Mas claro que eu cometi um erro ao achar que você se preocupava com os pobres desta cidade."

"Não precisa recorrer a essa ironia infantil. Você conhece muito bem minha preocupação. Mas vamos falar um momento desse seu pequeno plano. Vamos supor que aconteça o improvável e seu professor seja receptivo. Então todos vocês da casa de campo levariam uma semana, talvez duas para produzir... o quê? Vinte pinturas? Trinta no máximo. Parece não fazer sentido produzir mais, vocês não vão vender mais que dez ou onze de qualquer modo. O que você faria então, Ono? Iria vagar pelas áreas pobres da cidade com uma bolsinha de moedas que levantou com todo seu trabalho duro? Daria um *sen* para cada pobre que encontrasse?"

"Desculpe, Matsuda, mas tenho de repetir — você está muito errado de pensar que sou tão ingênuo. Eu não sugeri nem por um momento que a exposição se limitasse simplesmente ao grupo de Mori-san. Tenho plena consciência da escala de pobreza que buscamos aliviar, e por isso é que procurei você com essa sugestão. A sua Sociedade Okada-Shingen está capacitada a desenvolver um projeto desses. Grandes exposições realizadas regularmente por toda a cidade, que atraiam sempre mais artistas, poderiam trazer alívio significativo para essa gente."

"Desculpe, Ono", disse Matsuda com um sorriso, sacudindo a cabeça, "mas acho que meu palpite estava correto, afinal. Vocês artistas, enquanto classe, são desesperadamente ingênuos." Ele se recostou na cadeira e deu um suspiro. A superfície da mesa estava coberta de cinzas de cigarro e Matsuda riscava nelas padrões com a ponta de uma caixa de fósforos deixada pelos ocupantes anteriores. "Hoje em dia existe um certo tipo de artista", ele continuou, "cujo maior talento consiste em se esconder do mundo real. Infelizmente, esses artistas parecem dominantes atualmente, e você, Ono, está sob a influência de um deles. Não fique bravo, é verdade. O conhecimento que você tem do mundo é o de uma criança. Duvido, por exemplo, que você me diga ao menos quem foi Karl Marx."

Olhei para ele com uma expressão que devia ser amuada, mas não disse nada. Ele deu uma risada e falou: "Viu? Mas não fique muito chateado. A maioria dos seus colegas também não sabe".

"Não seja ridículo. Claro que conheço Karl Marx."

"Ora, desculpe, Ono. Talvez eu te subestime. Por favor, me fale de Marx."

Dei de ombros e disse: "Acho que ele foi o líder da revolução russa".

"Então quem foi Lênin, Ono? O segundo em comando depois de Marx?"

"Alguma espécie de colega." Vi que Matsuda estava rindo de novo, então disse depressa, antes que ele pudesse falar: "Em todo caso, você está sendo ridículo. São questões de um país distante. Eu estou falando dos pobres aqui, na nossa própria cidade".

"De fato, Ono, de fato. Mas está vendo, você sabe muito pouco sobre tudo. Tem toda razão de achar que a Sociedade Okada-Shingen está preocupada em despertar os artistas e apresentar para eles o mundo real. Mas levei você a entender mal se acha que sugeri que nossa sociedade quer se transformar numa grande tigela de esmolas. Não estamos interessados em caridade."

"Não consigo entender o que possa haver de errado em um pouco de caridade. E se ela ao mesmo tempo abre os nossos olhos, a nós, artistas decadentes, acredito que seja muito bom."

"De fato, seus olhos estão longe de estarem abertos, Ono, se você acha que um pouco de caridade de bom coração pode ajudar os pobres do nosso país. A verdade é que o Japão está se encaminhando para uma crise. Estamos nas mãos de empresários gananciosos e políticos fracos. Essa gente vai fazer a pobreza aumentar dia a dia. A menos que nós, a geração emergente, tome uma atitude. Mas eu não sou um agitador político, Ono. Meu interesse é a arte. E artistas como você. Jovens artistas talentosos, ainda não irreversivelmente bitolados por aquele mundinho fechado que vocês todos habitam. A Okada-Shingen existe para ajudar gente como você a abrir os olhos e produzir trabalho de valor genuíno para estes tempos difíceis."

"Desculpe, Matsuda, mas me parece que você é que é o ingênuo. A preocupação do artista é captar beleza onde quer que a encontre. Mas, por mais hábil que seja ao fazer isso, ele terá pouca influência nesse tipo de assunto de que você fala. De fato, se a Okada-Shingen é como você diz, então me parece muito mal concebida. Me parece estar fundada em um erro ingênuo sobre o que a arte é capaz ou não de fazer."

"Você sabe muito bem, Ono, que não vemos as coisas assim tão simples. O fato é que a Okada-Shingen não existe isoladamente. Existem homens jovens como nós em todos os campos da vida — na política, na vida militar — que pensam do mesmo jeito. Nós somos a geração emergente. Juntos, temos a capacidade de atingir alguma coisa de real valor. Acontece que alguns de nós estão profundamente interessados na arte e querem que ela responda ao mundo de hoje. A verdade, Ono, é que em tempos como esses, quando as pessoas ficam mais pobres e as crianças passam fome e adoecem ao nosso redor, simplesmente não basta um artista se esconder em algum lugar, aperfeiçoando quadros de cortesãs. Estou vendo que você está zangado comigo e nesse mesmo instante procura um jeito de me atacar. Mas eu tenho boa intenção, Ono. Espero que mais para a frente você pense com cuidado sobre tudo isso. Porque você, acima de todos, é alguém de imenso talento."

"Bom, então me diga, Matsuda. Como nós, tolos artistas decadentes, podemos ajudar a fazer a sua revolução política?"

Para meu incômodo, Matsuda estava outra vez rindo com desdém do outro lado da mesa. "Revolução? Francamente, Ono!

Os comunistas querem uma revolução. Nós não queremos nada desse tipo. Muito pelo contrário, na verdade. Queremos uma restauração. Pedimos simplesmente que restaurem sua Majestade Imperial, o imperador, a seu lugar de direito como chefe de nosso Estado."

"Mas nosso imperador já é exatamente isso."

"Francamente, Ono. Tão ingênuo e confuso." A voz dele, embora permanecesse como sempre absolutamente calma, parecia a ponto de ficar mais dura. "Nosso imperador é o nosso líder por direito, e no entanto o que aconteceu com as coisas na realidade? Esses empresários e seus políticos arrancaram dele o poder. Escute, Ono, o Japão não é mais um país atrasado de camponeses. Nós somos uma nação poderosa, capaz de se igualar a qualquer nação ocidental. No hemisfério asiático, o Japão é um gigante no meio de aleijados e anões. E, no entanto, permitimos que as pessoas fiquem mais e mais desesperadas, que nossas criancinhas morram de inanição. Enquanto isso, os empresários ficam mais ricos e os políticos dão eternas desculpas e fazem discursos. Você pode imaginar algum poder ocidental que permita uma situação dessas? Eles certamente teriam entrado em ação há muito tempo."

"Ação? De que tipo de ação você fala, Matsuda?"

"Está na hora de forjarmos um império tão poderoso e rico como o britânico e o francês. Temos de usar nossa força para expandir para o exterior. Já está mais que na hora de o Japão ocupar seu lugar entre os poderes do mundo. Acredite, Ono, temos os meios para isso, mas ainda temos de encontrar a vontade. E nos livrar desses empresários e políticos. Então, os militares responderão apenas à sua Majestade Imperial, o imperador." Ele então deu uma risadinha e voltou a olhar os padrões que traçava nas cinzas de cigarro. "Mas isso é em grande parte preocupação para os outros", disse. "Gente como nós, Ono, tem de se preocupar com a arte."

Minha convicção, porém, é que a razão da perturbação do Tartaruga na cozinha fora de uso, duas ou três semanas depois, não tinha tanto a ver com essas questões que discuti com Matsuda essa noite; o Tartaruga não teria percepção para enxergar tão longe naquela minha pintura inacabada. Tudo o que ele identificava era a representação de uma ostensiva desconsideração com as prioridades de Mori-san; o esforço coletivo de captar a frágil luz da lanterna do mundo do prazer estava abandonado; uma caligrafia ousada fora introduzida para complementar o impacto visual; e, acima de tudo, sem dúvida, o Tartaruga se chocara ao observar que minha técnica fazia extenso uso da linha forte — um método bem tradicional, como você sabe, mas cuja rejeição era fundamental para o ensinamento de Mori-san.

Fossem quais fossem as razões para a indignação dele, eu sabia que depois daquela manhã não podia mais esconder o rápido desenvolvimento de minhas ideias daqueles à minha volta, e que seria apenas questão de tempo antes que o próprio professor viesse a saber de tudo. Assim, a partir do momento em que tive aquela conversa com Mori-san no pavilhão dos jardins Takami, tinha revirado na cabeça muitas vezes o que diria a ele, e estava absolutamente determinado a não esmorecer.

Foi talvez uma semana depois daquela manhã na cozinha. Mori-san e eu tínhamos passado a tarde na cidade com alguma incumbência — talvez escolher e encomendar materiais, não me lembro. Do que me lembro é que, enquanto fazíamos o que tínhamos de fazer, Mori-san não se portou de nenhuma forma estranha comigo. Então, com a noite chegando, tínhamos ainda algum tempo livre antes da hora do nosso trem, e subimos a escada íngreme atrás da estação Yotsugawa até os jardins Takami.

Naquela época, havia nos jardins Takami um pavilhão muito agradável, bem na borda de uma encosta com vista para a área — não distante de onde fica hoje o memorial da paz. O traço mais atraente do pavilhão era a maneira como em toda volta dos beirais de seu telhado elegante havia lanternas penduradas — embora naquela noite específica, pelo que me lembro, as lanternas não estavam acesas quando nos aproximamos. Ao entrar debaixo do telhado, o pavilhão era tão espaçoso quanto uma sala grande, mas como não era fechado em nenhuma lateral, apenas os postes em arco que sustentavam o telhado interrompiam a vista do bairro abaixo.

Muito possivelmente, essa noite com Mori-san foi a ocasião em que descobri esse pavilhão. Ele continuaria sendo um dos meus locais favoritos ao longo dos anos, até que fosse destruído durante a guerra, e muitas vezes levei meus próprios alunos lá, sempre que estávamos passando por ali. De fato, acredito que foi nesse mesmo pavilhão, pouco antes do começo da guerra, que tive minha última conversa com Kuroda, o mais talentoso de meus alunos.

Em todo caso, naquela primeira noite entrei ao lado de Mori--san e me lembro que o céu tinha ficado de um carmesim-pálido, as luzes surgiam em meio ao acúmulo de telhados ainda visíveis por baixo da penumbra. Mori-san deu mais alguns passos na direção da vista, depois, com o ombro encostado em um poste, olhou o céu com alguma satisfação e disse, sem olhar para mim:

"Ono, temos uns fósforos e velas em nossa bolsa. Por favor, acenda essas lanternas. Imagino que o efeito será muito interessante."

Enquanto eu me deslocava pelo pavilhão, acendendo lanterna após lanterna, os jardins à nossa volta, que tinham ficado imóveis e silenciosos, mergulharam no escuro. O tempo todo, eu olhava a silhueta de Mori-san recortada contra o céu, apreciando a vista, pensativo. Eu tinha acendido talvez metade das lanternas quando o ouvi dizer:

"Então, Ono, qual é essa questão que tanto perturba você?"

"Como, sensei?"

"Hoje mais cedo você mencionou que havia alguma coisa te perturbando."

Dei uma breve risada e estendi o braço para uma lanterna.

"Coisa pouca, sensei. Não vou incomodar o sensei com isso, mas por outro lado não sei bem o que fazer. O fato é que, dois dias atrás, descobri que algumas pinturas minhas tinham sido retiradas do lugar onde estavam guardadas na cozinha."

Mori-san ficou em silêncio um momento. E disse:

"E o que os outros tinham a dizer a respeito?"

"Perguntei a eles, mas parece que ninguém sabia de nada. Ou, pelo menos, ninguém parecia disposto a me dizer."

"Então qual foi sua conclusão, Ono? Há uma conspiração contra você?"

"Bom, para falar a verdade, sensei, os outros parecem ansiosos para evitar minha companhia. De fato, não consegui conversar uma única vez com nenhum deles nos últimos dias. Quando entro na sala, as pessoas se calam ou simplesmente saem."

Mori-san não fez nenhum comentário, e quando olhei para ele, parecia ainda absorto no céu do crepúsculo. Eu estava acendendo outra lanterna quando ouvi que ele dizia:

"Suas pinturas estão agora comigo. Desculpe se alarmei você pegando as telas assim. Aconteceu que tive um pequeno tempo livre outro dia e achei que seria uma boa oportunidade de me atualizar com seu trabalho recente. Você parecia estar fora em algum lugar naquele momento. Acho que devia ter te contado quando voltou, Ono. Eu sinto muito."

"Ora, não por isso, sensei. Fico muito agradecido que manifeste tanto interesse por meu trabalho."

"Mas é apenas natural que eu me interesse. Você é meu aluno mais talentoso. Investi anos alimentando seu talento."

"Claro, sensei. Não sei nem por onde começar a avaliar o quanto lhe devo."

Durante alguns momentos, nenhum de nós falou, enquanto eu continuava a acender as lanternas. Então parei e disse:

"Estou muito aliviado de não ter acontecido nada com minhas pinturas. Eu devia saber que haveria alguma explicação simples desse tipo. Agora posso me tranquilizar."

Mori-san não disse nada, e pelo que eu podia distinguir de sua silhueta, não tirou os olhos da vista. Ocorreu-me que não tinha me ouvido, então falei um pouco mais alto:

"Fico contente de poder me tranquilizar quanto à segurança das minhas pinturas."

"É, Ono", disse Mori-san, como que sobressaltado de seus pensamentos remotos. "Eu tinha um tempinho livre. Então mandei alguém buscar seus trabalhos recentes."

"Foi bobagem minha me preocupar. Fico contente que as pinturas estejam a salvo."

Ele não falou nada por algum tempo, então achei novamente que não tinha me ouvido. Mas ele disse: "Fiquei um pouco surpreso com o que vi. Você parece estar explorando rumos curiosos".

Claro, ele pode não ter usado exatamente essa frase, "explorando rumos curiosos". Pois me ocorre que essa era uma expressão que eu próprio costumava usar com frequência em anos recentes, e pode ser que eu esteja me lembrando de minhas próprias palavras para Kuroda naquela ocasião posterior, no mesmo pavilhão. Mas, por outro lado, acredito que Mori-san às vezes se referia a "explorar rumos"; de fato, esse talvez seja outro exemplo de eu ter herdado uma característica de meu antigo professor. Em todo caso, me lembro que não respondi nada além de dar uma risada tímida e acender outra lanterna. Então, ouvi que ele dizia:

"Não é ruim que um jovem artista experimente um pouco. Entre outras coisas, ele pode se libertar de alguns interesses superficiais dessa maneira. Depois pode voltar ao trabalho mais sério com mais compromisso que nunca." Então, depois de uma pausa, ele murmurou como para si mesmo: "Não, não é ruim experimentar. Faz parte de ser jovem. Não é nem um pouco ruim".

"Sensei", eu disse, "sinto intensamente que meu trabalho recente é o melhor que já fiz."

"Não é ruim, não é nada ruim. Mas, por outro lado, não se deve perder tempo demais nesses experimentos. Pode acontecer o que sucede com alguém que viaja demais. Melhor voltar ao trabalho sério sem muita demora."

Esperei para ver se ele ia falar mais alguma coisa. Depois de alguns momentos, eu disse: "Sem dúvida foi bobagem minha me preocupar tanto com a segurança de minhas pinturas. Mas sabe, sensei, tenho mais orgulho delas do que de qualquer outra coisa que eu tenha feito. De qualquer forma, eu devia ter imaginado que haveria alguma explicação assim simples".

Mori-san ficou em silêncio. Quando olhei para ele através da lanterna que acendia, achei difícil saber se ele estava ponderando minhas palavras ou pensando em outra coisa completamente diferente. Havia uma estranha mistura de luz no pavilhão, uma vez que o céu continuava crepuscular e eu acendia mais e mais lanternas. Mas a figura de Mori-san continuava em silhueta, encostado no poste, de costas para mim.

"A propósito, Ono", ele disse finalmente, "me disseram que há uma ou duas outras pinturas que você terminou recentemente e que não estavam com aquelas que estão comigo."

"É muito possível, uma ou duas eu não guardei junto com as outras."

"Ah. E sem dúvida essas é que são as pinturas de que você mais gosta."

Eu não respondi. Então Mori-san continuou:

"Talvez, quando voltarmos, Ono, você me traga essas outras pinturas. Estou muito interessado em dar uma olhada nelas."

Pensei um momento, e disse: "Claro que ficaria muito grato com a opinião do sensei. Porém não tenho certeza de onde guardei os quadros".

"Mas vai fazer um esforço para encontrar, tenho certeza."

"Vou, sensei. Enquanto isso, talvez possa livrar o sensei das outras pinturas que teve a bondade de examinar. Devem estar sem dúvida atrapalhando seu espaço, então vou pegar de volta assim que voltarmos."

"Não precisa se preocupar com essas pinturas, Ono. Basta você encontrar as outras e trazer para mim."

"Lamento, sensei, não vou conseguir encontrar as outras pinturas."

"Entendo, Ono." Ele deu um suspiro cansado e vi que estava mais uma vez olhando o céu. "Então acha que não vai conseguir me trazer essas suas outras pinturas."

"Não, sensei. Temo que não."

"Entendo. Claro que deve ter pensado em seu futuro no caso de você deixar a minha proteção."

"Minha esperança era que o sensei entendesse minha posição e continuasse a me apoiar na continuação de minha carreira."

Ele permaneceu em silêncio, então acabei dizendo:

"Sensei, seria muito doloroso para mim deixar a casa de campo. Esses últimos anos foram os mais felizes e valiosos de minha vida. Eu considero meus colegas como meus irmãos. E quanto ao próprio sensei, nossa!, não consigo nem começar a avaliar o quanto lhe devo. Eu suplicaria que o senhor olhasse mais uma vez minhas novas pinturas e reconsiderasse. Talvez, de fato, o sensei me permita, quando voltarmos, explicar minhas intenções com cada quadro."

Ele ainda não deu nenhum sinal de me ouvir. Então continuei:

"Aprendi muitas coisas nesses últimos anos. Aprendi muito ao contemplar o mundo do prazer e reconhecer sua beleza frágil. Mas sinto agora que é hora de eu progredir para outras coisas. Sensei, minha convicção é que em tempos conturbados como os nossos os artistas precisam aprender a valorizar algo mais tangível que aquelas coisas prazerosas que desaparecem com a luz da manhã. Não é necessário que os artistas ocupem sempre um mundo decadente e fechado. Minha consciência, sensei, me diz que não posso continuar vendo para sempre um artista do mundo flutuante."

Com isso, voltei minha atenção para as lanternas. Depois de alguns momentos, Mori-san disse:

"Faz já algum tempo você tem sido o meu aluno mais talentoso. Será um tanto doloroso para mim ver você ir embora. Digamos, então, que você tem três dias para me trazer as pinturas que faltam. Você vai me trazer essas e depois voltar sua mente para questões mais adequadas."

"Como eu já disse, sensei, lamento profundamente não poder levar essas pinturas para o senhor."

Mori-san fez um som como se estivesse rindo para si mesmo. Então falou: "Como você mesmo disse, Ono, vivemos tempos conturbados. Ainda mais para um jovem artista, praticamente desconhecido e sem recursos. Se fosse menos talentoso, eu me preocuparia com seu futuro quando me deixar. Mas você é um sujeito inteligente. Sem dúvida fez outros arranjos".

"Na verdade, não fiz nenhum arranjo, absolutamente. A casa de campo é meu lar há tanto tempo que nunca pensei seriamente que pudesse deixar de ser."

"É mesmo? Bom, como eu disse, Ono, se você fosse menos talentoso, haveria motivos para preocupação. Mas você é um rapaz inteligente." Vi a silhueta de Mori-san voltar-se para mim. "Sem dúvida, vai conseguir encontrar trabalho ilustrando revistas e quadrinhos. Talvez consiga até se empregar numa empresa como aquela em que trabalhava quando veio até mim. Claro, será o fim de seu desenvolvimento como artista sério, mas sem dúvida você já levou isso em conta."

Essas palavras podem parecer desnecessariamente vingativas para um professor que ainda sabe gozar de sua admiração. Mas, por outro lado, quando um mestre pintor dedicou tanto tempo e recursos a um determinado aluno, quando além disso ele permitiu que o nome desse aluno fosse associado publicamente ao dele, talvez seja compreensível, mesmo que não inteiramente desculpável, que o professor perca por um momento seu senso de proporção e reaja de um jeito que lamentará depois. E embora as manobras em torno da posse das pinturas pareçam sem dúvida mesquinhas, é sem dúvida compreensível que um professor que forneceu a maior parte das tintas e materiais deva, num tal momento, esquecer que seu aluno tenha qualquer direito sobre o próprio trabalho.

Diante de tudo isso, é claro que tal arrogância e possessividade da parte de um professor — por mais renomado que seja — é lamentável. De quando em quando, ainda volto a pensar naquela fria manhã de inverno e no cheiro de queimado que ficava cada vez mais forte para mim. Foi o inverno antes da eclosão da guerra, e eu estava parado, ansioso, à porta da casa de Kuroda — um lugarzinho miserável que ele alugava na área de Nakamachi. O cheiro de queimado, dava para perceber, vinha de algum lugar dentro da casa, de onde vinha também o som de uma mulher chorando. Puxei a corda do sino insistentemente e gritei para que alguém me recebesse, mas não obtive resposta. Por fim, resolvi entrar, mas assim que empurrei a porta externa um policial fardado apareceu na entrada.

"O que deseja?", ele perguntou.

"Estou procurando o sr. Kuroda. Ele está em casa?"

"O morador foi levado ao quartel de polícia para interrogatório."

"Interrogatório?"

"Aconselho você a voltar para casa", disse o oficial. "Senão vamos começar a investigar você também. Agora estamos interessados em todos os associados próximos do morador."

"Mas por quê? O sr. Kuroda cometeu algum crime?"

"Ninguém quer gente como ele por aqui. Se não for embora, vamos levar você também para que seja interrogado."

Dentro da casa, a mulher — a mãe de Kuroda, suponho — continuava a chorar. Ouvi alguém gritando algo para ela.

"Onde está o oficial encarregado?", perguntei.

"Vá embora. Quer ser preso?"

"Antes de mais nada", eu disse, "permita que eu explique que meu nome é Ono." O oficial não deu sinal de reconhecer, então continuei, um pouco incerto: "Eu sou a pessoa que deu a informação que trouxe vocês aqui. Meu nome é Masuji Ono, sou pintor e membro do Comitê Cultural do Departamento do Interior. Na verdade, eu sou conselheiro oficial do Comitê de Atividades Antipatrióticas. Acho que houve algum erro aqui, e gostaria de falar com a pessoa encarregada".

O oficial olhou para mim desconfiado por um momento, depois virou e desapareceu dentro da casa. Não demorou muito, voltou e com um gesto me mandou subir.

Fui atrás dele através da casa de Kuroda, vi por toda parte o conteúdo de armários e gavetas espalhado pelo chão. Notei que alguns livros tinham sido empilhados e amarrados, enquanto, na sala principal, o tatame fora levantado e um oficial examinava as tábuas debaixo com uma lanterna. Atrás de uma divisória, podia ouvir mais claramente a mãe de Kuroda soluçando e um oficial gritando perguntas a ela.

Me levaram à varanda dos fundos da casa. No meio do pequeno pátio, outro oficial fardado e um homem em roupas comuns estavam parados em torno de uma fogueira. O homem à paisana virou-se e deu alguns passos em minha direção.

"Sr. Ono?", perguntou, muito respeitoso.

O oficial que me levara até ali pareceu sentir que sua grosseria anterior tinha sido inadequada e depressa voltou para dentro da casa.

"O que aconteceu com o sr. Kuroda?"

"Foi levado para interrogatório, sr. Ono. Vamos cuidar dele, não se preocupe."

Olhei o fogo atrás dele, agora quase extinto. O oficial fardado cutucava a pilha com uma vara.

"O senhor tinha autorização para queimar esses quadros?", perguntei.

"Nosso proceder é destruir qualquer material ofensivo que não seja necessário como prova. Escolhemos um bom exemplo. O resto desse lixo estamos simplesmente queimando."

"Eu não fazia ideia de que ia acontecer uma coisa assim", falei. "Simplesmente sugeri ao comitê que viesse alguém e desse uma palavra de alerta ao sr. Kuroda para seu próprio bem." Olhei de novo a pilha fumegante no centro do pátio. "Era completamente desnecessário queimar aquilo. Havia muitos trabalhos bons entre eles."

"Sr. Ono, agradecemos a sua ajuda. Mas agora a investigação já começou, o senhor deve deixar tudo nas mãos das devidas autoridades. Vamos cuidar para que o sr. Kuroda seja bem tratado."

Ele sorriu, voltou à fogueira e disse alguma coisa ao oficial fardado, que cutucou o fogo outra vez e falou baixinho alguma coisa que soou como: "Lixo antipatriótico".

Fiquei na varanda, olhando, sem poder acreditar. Por fim, o oficial à paisana virou-se para mim e disse: "Sr. Ono, sugiro que volte para sua casa agora".

"As coisas foram longe demais", eu disse. "E por que estão interrogando a sra. Kuroda? O que ela tem a ver com tudo isso?"

"Agora é uma questão policial, sr. Ono. Não lhe diz mais respeito."

"As coisas foram longe demais. Pretendo discutir isso com o sr. Ubukata. De fato, acho que vou levar isso direto ao sr. Saburi."

O homem à paisana chamou alguém de dentro da casa e o oficial que atendera à porta apareceu a meu lado.

"Agradeça ao sr. Ono por sua colaboração e vá com ele até a saída", disse o homem à paisana. Depois voltou para o fogo, deu uma tosse repentina. "Pinturas ruins dão fumaça ruim", disse com um sorriso, abanando o ar diante do rosto.

Mas tudo isso não tem muita relevância aqui. Acredito que estava relembrando os acontecimentos daquele dia no mês passado, quando Setsuko estava aqui em sua breve visita; de fato, eu contava como Taro nos fazia rir em torno da mesa do jantar com suas anedotas sobre os colegas de trabalho.

Pelo que me lembro, o jantar continuou de maneira muito satisfatória. Porém eu não consegui deixar de sentir certo incômodo ao observar Ichiro cada vez que Noriko servia saquê. Nas primeiras vezes, ele olhou para mim do outro lado da mesa com um sorriso conspiratório, que fiz o possível para retribuir do jeito mais neutro possível. Mas com o prosseguir da refeição, o saquê continuou a ser servido, ele parou de olhar para mim e olhava carrancudo para a tia quando ela enchia os copos.

Taro havia nos contado diversas histórias divertidas sobre seus colegas, quando Setsuko lhe disse:

"Você deixa tudo engraçado, Taro-san. Mas eu soube pela Noriko que o moral está muito alto na sua companhia agora. Sem dúvida deve ser muito estimulante trabalhar nesse clima."

Diante disso, os modos de Taro ficaram de repente muito sérios. "É verdade, Setsuko-san", disse ele, e balançou a cabeça. "As mudanças que fizemos depois da guerra estão começando a dar frutos em todos os níveis da companhia. Estamos muito otimistas com o futuro. Dentro dos próximos dez anos, se todos nós dermos nosso melhor, a KNC será um nome conhecido não só em todo o Japão, mas em todo o mundo."

"Que ótimo. E Noriko me contou que o diretor de seu setor é um homem muito bom. Isso também deve fazer uma grande diferença no moral."

"Tem toda razão. Mas o sr. Hayasaka não é apenas um homem bom, é alguém de grande habilidade e visão. Posso garantir, Setsuko-san, que trabalhar para um superior incompetente, mesmo que seja bondoso, pode ser uma experiência desmoralizante. É muita sorte termos alguém como o sr. Hayasaka para nos orientar."

"É mesmo. Suichi também tem muita sorte de ter um superior capacitado."

"É mesmo, Setsuko-san? Mas seria mesmo de esperar que fosse assim numa companhia como a Nippon Elétrica. Só mesmo o melhor tipo de gente poderia ser responsável por uma empresa dessas."

"Temos muita sorte de ser assim. Mas tenho certeza que isso é verdade também com a KNC, Taro-san. Suichi sempre fala bem da KNC."

"Desculpe, Taro", interrompi nesse momento. "Claro, tenho certeza de que você tem toda razão para estar otimista com a KNC. Mas estava querendo perguntar se, em sua opinião, é inteiramente benéfico fazer tantas mudanças radicais em sua empresa depois da guerra? Ouvi dizer que não restou praticamente ninguém da antiga administração."

Meu genro deu um sorriso pensativo e disse: "Agradeço muito a preocupação do pai. Juventude e vigor apenas nem sempre produzem os melhores resultados. Mas com toda franqueza, pai, era preciso uma reformulação completa. Precisávamos de novos líderes com uma nova abordagem, apropriada para o mundo de hoje".

"Claro, claro. E não tenho dúvidas de que seus novos líderes são os homens mais capacitados. Mas me diga uma coisa, Taro, você não se preocupa com o fato de nós sermos, às vezes, um tanto apressados demais em seguir os americanos? Eu seria o primeiro a concordar que muitos dos velhos hábitos devem ser agora apagados para sempre, mas não acha que às vezes jogamos algumas coisas boas junto com as ruins? Na verdade, às vezes o Japão fica parecendo uma criança pequena que aprende com um adulto estranho."

"O pai tem toda razão. Às vezes, claro, somos um pouco apressados. Mas, no geral, os americanos têm uma imensidão de coisas a nos ensinar. Nesses poucos anos, por exemplo, nós japoneses avançamos muito no entendimento de coisas como democracia e direitos individuais. Na verdade, pai, tenho a sensação de que o Japão finalmente estabeleceu os fundamentos para construir um futuro brilhante. Por isso é que empresas como a nossa podem olhar para a frente com a maior confiança."

"É verdade, Taro-san", disse Setsuko. "Suichi tem a mesma sensação. Ele tem falado inúmeras vezes que, na opinião dele, depois de quatro anos de confusão, nosso país finalmente pôs os olhos no futuro."

Embora minha filha tivesse dirigido essa observação a Taro, eu tinha a nítida impressão de que a fizera para mim. Taro pareceu também sentir assim, pois em vez de responder a Setsuko, continuou:

"Na verdade, pai, semana passada mesmo estive no jantar da minha turma da universidade, e pela primeira vez desde a rendição, todos os presentes, de todos os ramos da sociedade, expressavam otimismo pelo futuro. Portanto, não é de modo algum apenas na KNC que existe uma sensação de que as coisas estão dando certo. E embora eu entenda as preocupações do pai, acredito que, com o tempo, as lições desses últimos anos foram boas e nos levarão a um futuro esplêndido. Mas talvez eu esteja errado, pai."

"Nem um pouco, nem um pouco", eu disse e sorri para ele. "Como você diz, sem dúvida a sua geração tem um esplêndido futuro. E vocês estão todos tão confiantes. Só posso lhes desejar o melhor."

Meu genro parecia a ponto de responder, mas nesse momento Ichiro estendeu o braço sobre a mesa e tocou com o dedo a garrafa de saquê, como tinha feito uma vez antes. Taro virou-se para ele e disse: "Ah, Ichiro-san. É você que estava faltando em nossa discussão. Diga, o que você acha que vai ser quando crescer?".

Meu neto continuou olhando para o frasco de saquê por um momento, então olhou para mim com ar amuado. A mãe tocou seu braço e sussurrou: "Ichiro, tio Taro está falando com você. Diga o que você quer ser".

"Presidente da Nippon Elétrica!", Ichiro declarou alto.

Nós todos demos risada.

"Ora, tem certeza disso, Ichiro-san?", Taro perguntou. "Será que em vez disso não quer ser nosso chefe na KNC?"

"A Nippon Elétrica é a melhor companhia!"

Todos rimos de novo.

"Que vergonha para nós", Taro observou. "O Ichiro-san é exatamente de quem nós vamos precisar na KNC dentro de alguns anos."

Essa conversa pareceu desviar a atenção de Ichiro do saquê, e desse momento em diante ele pareceu se divertir, participando ruidosamente sempre que os adultos riam de alguma coisa. Foi só no finalzinho da refeição que ele perguntou com uma voz bem desinteressada:

"O saquê já acabou agora?"

"Acabou todo", disse Noriko. "Quer mais suco de laranja, Ichiro-san?"

Ichiro recusou a oferta com boas maneiras e olhou para Taro, que estava explicando alguma coisa para ele. Diante de tudo aquilo, eu podia imaginar sua decepção, e senti uma onda de irritação por Setsuko não ser um pouco mais compreensiva com os sentimentos do menino.

Tive a chance de falar a sós com Ichiro, uma hora depois talvez, quando fui ao quartinho de hóspedes do apartamento para me despedir dele. A luz ainda estava acesa, mas Ichiro estava debaixo do edredom, de bruços, a face apertada contra o travesseiro. Quando apaguei a luz, descobri que a persiana não impedia que entrasse a luz do apartamento vizinho, lançando barras de sombra nas paredes e no teto. Da sala ao lado, vinha o som de minhas filhas rindo de alguma coisa e, quando me ajoelhei ao lado do futon de Ichiro, ele sussurrou:

"Oji, tia Noriko está bêbada?"

"Acho que não, Ichiro. Ela está rindo de alguma coisa, só isso."

"Ela pode estar um pouco bêbada. Não acha, Oji?"

"Bom, talvez. Só um pouquinho. Não faz mal nenhum."

"As mulheres não aguentam saquê, não é, Oji?", ele disse e riu no travesseiro.

Dei uma risada e disse: "Sabe, Ichiro, você não precisa ficar chateado por causa do saquê hoje à noite. Não tem importância mesmo. Logo você vai estar mais velho e aí vai poder beber quanto saquê quiser".

Me levantei e fui até a janela para ver se as persianas podiam ficar mais eficientes. Abri e fechei várias vezes, mas as lâminas continuavam separadas a ponto de sempre dar para ver as janelas iluminadas do prédio vizinho.

"Não, Ichiro, realmente não é nada para ficar chateado."

Durante um momento, meu neto não respondeu nada. Depois, ouvi a voz dele atrás de mim, dizendo: "Oji não pode se preocupar".

"Hã? Ora, o que quer dizer com isso, Ichiro?"

"Oji não pode se preocupar. Porque se ele se preocupa, não consegue dormir. E se gente velha não dorme, fica doente."

"Entendo. Muito bem então, Ichiro. O Oji promete que não vai ficar preocupado. Mas você também não pode ficar preocupado. Porque realmente não tem nada com que se preocupar."

Ichiro ficou em silêncio. Abri e fechei as persianas de novo.

"Mas, por outro lado, claro", eu disse, "se Ichiro tivesse realmente insistido no saquê hoje à noite, Oji teria interferido e conseguido que ele tomasse. Mas, no fim, acho que foi certo deixarmos as mulheres fazerem do jeito delas. Não vale a pena deixar as mulheres nervosas por essas pequenas coisas."

"Às vezes, em casa", disse Ichiro, "papai quer fazer alguma coisa e mamãe diz que não pode. Às vezes, nem papai pode com a mamãe."

"É mesmo?", perguntei, com um riso.

"Então Oji não pode se preocupar."

"Nenhum de nós dois tem de se preocupar com nada, Ichiro." Afastei-me da janela e ajoelhei de novo ao lado do futon. "Agora você tente dormir."

"Oji vai passar a noite aqui?"

"Não, Oji vai voltar para a casa dele daqui a pouco."

"Por que Oji não fica aqui também?"

"Não tem lugar aqui, Ichiro. Oji tem uma casa grande só para ele, lembra?"

"Oji vai até a estação para se despedir amanhã?"

"Claro, Ichiro. Vou fazer isso. E sem dúvida você vem me visitar de novo logo, logo."

"Oji não se preocupe porque mamãe não me deu saquê."

"Você parece estar crescendo muito depressa, Ichiro", disse eu, rindo. "Vai ser um ótimo homem quando crescer. Talvez seja mesmo chefe da Nippon Elétrica. Ou alguma coisa tão importante quanto. Agora, vamos ficar quietos um pouco e ver se você dorme."

Continuei sentado ao lado dele por um longo tempo, e dava respostas baixinho quando ele falava. E acredito que foi durante esses momentos, enquanto esperava meu neto dormir no quarto escuro, ouvindo os risos ocasionais da sala vizinha, que comecei a revirar na cabeça a conversa que tinha tido essa manhã com Setsuko no parque Kawabe. Foi talvez a primeira oportunidade que tive para isso e, até então, não tinha me ocorrido ficar tão irritado com as palavras de Setsuko. Porém, quando deixei meu neto adormecido e fui me encontrar com os outros na sala principal, acredito que estava bem irritado com minha filha mais velha, e foi por isso, sem dúvida, que eu disse a Taro não muito depois de me sentar:

"Sabe, é estranho quando se pensa a respeito. Seu pai e eu devemos nos conhecer há mais de dezesseis anos e, no entanto, só ao longo desse último ano é que ficamos bons amigos."

"De fato", disse meu genro, "mas acho que é sempre assim. Temos sempre tantos vizinhos que não trocamos mais que um bom-dia com eles. É bem lamentável que seja assim."

"Mas é claro", disse eu, "quanto a mim e ao dr. Saito, não se trata simplesmente de sermos vizinhos. Ligados como nós dois éramos ao mundo das artes, nos conhecíamos por reputação. Lamentável mesmo é que seu pai e eu não tenhamos feito mais esforços para ficarmos amigos desde o começo. Não acha, Taro?"

Ao dizer isso, dei uma olhada rápida em Setsuko para ter certeza de que ela estava ouvindo.

"Lamentável mesmo", disse Taro. "Mas pelo menos tiveram a chance de ficar amigos finalmente."

"Mas o que eu quero dizer, Taro, é que é mais pena ainda, uma vez que conhecíamos a reputação um do outro no mundo da arte esse tempo todo."

"É, uma grande pena mesmo. Seria natural que saber que um vizinho é também um distinto colega levasse a relações mais íntimas. Mas suponho que com horários apertados e uma coisa ou outra, quase sempre é esse o caso."

Olhei com certa satisfação para Setsuko, mas minha filha não deu o menor sinal de registrar o significado das palavras de Taro. É possível, claro, que ela não estivesse realmente ouvindo; mas o que penso é que Setsuko entendeu muito bem, só que era orgulhosa demais para retribuir meu olhar, confrontada como estava com a prova de que não eram certas as suas insinuações dessa manhã no parque Kawabe.

Estávamos caminhando pela larga alameda central do parque em ritmo calmo, admirando as árvores de outono alinhadas de ambos os lados. Comparávamos impressões de como Noriko estava se saindo em sua nova vida e concordamos que aparentemente ela estava muito feliz de verdade.

"É muito gratificante", eu dizia. "O futuro dela estava se tornando uma grande preocupação para mim, mas agora as coisas parecem muito boas para ela. Taro é um homem admirável. Não se podia esperar um marido melhor."

"Parece estranho pensar", Setsuko disse com um sorriso, "que apenas um ano atrás estávamos tão preocupados com ela."

"É tudo muito gratificante. E você sabe, Setsuko, sou grato a você por seu papel nisso tudo. Foi um grande apoio à sua irmã quando as coisas não estavam indo tão bem."

"Pelo contrário, eu pude fazer tão pouco por estar longe."

"E claro", eu disse, com uma risada, "foi você que me alertou ano passado. 'Precauções' — lembra disso, Setsuko? Como vê, eu não ignorei seu conselho."

"Desculpe, pai, que conselho foi esse?"

"Ora, Setsuko, não precisa tanta cerimônia. Estou bem preparado para admitir que há certos aspectos da minha carreira que não são motivo de orgulho. De fato, eu admiti isso durante as negociações, como você sugeriu."

"Desculpe, não sei a que o senhor se refere, pai."

"Noriko não te contou sobre o *miai*? Bom, naquela noite, eu tomei todas as providências para que não houvesse obstáculos à felicidade dela por causa de minha carreira. Ouso dizer que teria feito isso de qualquer maneira, mas mesmo assim fiquei agradecido por seu conselho no ano passado."

"Desculpe, pai, mas não me lembro de ter dado nenhum conselho no ano passado. Quanto à questão do *miai*, porém, Noriko me falou várias vezes a respeito. De fato, ela me escreveu logo depois do *miai* expressando surpresa com... com as palavras de papai a respeito de si mesmo."

"Creio que ela ficou surpresa. Noriko sempre subestimou seu velho pai. Mas eu não sou do tipo que permitiria que minha própria filha sofresse porque sou orgulhoso demais para encarar as coisas."

"Noriko me disse que ficou extremamente intrigada com o comportamento do papai aquela noite. Parece que os Saito ficaram igualmente intrigados. Ninguém sabia ao certo do que papai estava falando. De fato, Suichi expressou sua perplexidade quando eu li para ele a carta de Noriko."

"Mas isso é inacreditável", eu disse, rindo. "Ora, Setsuko, foi você mesma que me empurrou para isso no ano passado. Foi você que sugeriu que eu tomasse 'precauções' para que não deslizássemos com os Saito como fizemos com os Miyake. Você não se lembra?"

"Não duvido que eu esteja muito esquecida, mas acho que não tenho lembrança do que papai está falando."

"Ora, Setsuko, isso é inacreditável."

Setsuko de repente parou de andar e exclamou: "Como os bordos estão maravilhosos esta época do ano!".

"É verdade", eu disse. "Sem dúvida, vão ficar ainda mais bonitos mais adiante no outono."

"Tão maravilhosos", disse minha filha, sorrindo, e começamos a caminhar outra vez. Ela disse então: "Para falar a verdade, pai, ontem à noite estávamos discutindo algumas coisas e Taro-san mencionou por acaso uma conversa que teve com você semana passada. Uma conversa a respeito do compositor que cometeu suicídio recentemente".

"Yukio Naguchi? Ah, sim, me lembro dessa conversa. Agora deixe ver, acho que Taro sugeriu que o suicídio do homem não fazia sentido."

"Taro-san ficou um tanto preocupado porque papai estava tão interessado na morte do sr. Naguchi. Na verdade, parecia que papai estava fazendo uma comparação entre a carreira do sr. Naguchi e a sua. Ficamos preocupados com essa notícia. De fato, ultimamente estamos todos um tanto preocupados que papai esteja um pouco desanimado depois da aposentadoria."

Eu ri e disse: "Pode ficar sossegada, Setsuko. Nem sequer me passa pela cabeça fazer o que fez o sr. Naguchi".

"Pelo que entendo", ela continuou, "as músicas do sr. Naguchi tiveram enorme preponderância em todos os níveis do esforço de guerra. Haveria, portanto, alguma consistência no desejo dele de compartilhar a responsabilidade ao lado dos políticos e generais. Mas papai está errado de sequer começar a pensar em si mesmo nesses termos. Papai era, afinal de contas, um pintor."

"Posso garantir, Setsuko, que nem por um momento eu pensaria no tipo de atitude que Naguchi tomou. Mas, por outro lado, não sou também tão orgulhoso a ponto de ver que eu também era um homem de certa influência, que usou essa influência para um fim desastroso."

Minha filha pareceu pensar nisso por um momento. Depois, disse:

"Desculpe, mas talvez seja importante ver as coisas sob a devida perspectiva. Papai pintava quadros esplêndidos, e era sem dúvida muito influente entre outros pintores. Mas a obra de papai dificilmente tinha algo a ver com os assuntos de que estamos falando. Papai era simplesmente um pintor. Precisamos parar de acreditar que fez algum grande mal."

"Ora, bem, Setsuko, esse conselho é muito diferente do que me deu no ano passado. Na época, parecia que minha carreira era uma grande desvantagem."

"Desculpe, papai, mas só posso repetir que não entendo essas referências às negociações do casamento do ano passado. Na verdade, é algo como um mistério para mim o fato de que a carreira de papai poder ter qualquer relevância especial nas negociações. Os Saito, pelo que parece, com certeza não estavam preocupados e, como nós dissemos, ficaram muito intrigados com o comportamento de papai no *miai*."

"Isso é assombroso, Setsuko. A situação era que o dr. Saito e eu nos conhecíamos há muito tempo. Como um dos mais importantes críticos de arte, ele havia acompanhado minha carreira ao longo de anos, e tinha plena consciência de seus aspectos mais lamentáveis. Portanto, era o mais certo e adequado que eu deixasse clara minha atitude naquela altura dos acontecimentos. De fato, tenho certeza que o dr. Saito muito apreciou que eu tivesse feito isso."

"Desculpe, mas pelo que disse Taro-san, o dr. Saito nunca teve muito conhecimento da carreira de papai. Claro que ele conhecia papai como vizinho. Mas parece que não sabia que papai estava ligado ao mundo da arte até o ano passado, quando começaram as negociações."

"Você está totalmente errada, Setsuko", eu disse, com uma risada. "O dr. Saito e eu nos conhecemos há muitos anos. Sempre parávamos na rua e trocávamos notícias sobre o mundo das artes."

"Sem dúvida eu estou errada. Desculpe. Mas mesmo assim é importante observar que ninguém nunca considerou o passado de papai como algo a ser visto com recriminação. O que esperamos é que papai pare de comparar a si mesmo com homens como esse infeliz compositor."

Não insisti na discussão com Setsuko e parece que me lembro de logo mudar o rumo da conversa para assuntos mais casuais. Porém, não há a menor dúvida de que minha filha estava errada a respeito de muita coisa que afirmou aquela manhã. Primeiro, é impossível que o dr. Saito não tivesse conhecimento de minha reputação como pintor durante todos aqueles anos. E quando, naquela noite, depois do jantar, eu dei um jeito de fazer Taro confirmar isso, o fiz meramente para deixar esse ponto claro para Setsuko; porque na minha cabeça nunca houve nenhuma dúvida. Tenho, por exemplo, a mais viva lembrança daquele dia ensolarado, uns dezesseis anos atrás, em que o dr. Saito se dirigiu a mim pela primeira vez quando eu estava arrumando a cerca externa de minha casa nova. "Uma grande honra ter um artista de sua estatura em nosso bairro", ele havia dito, ao reconhecer meu nome no poste do portão. Lembro desse encontro muito nitidamente, e não havia a menor dúvida de que Setsuko estivessse errada.

JUNHO DE 1950

Depois de receber a notícia da morte de Matsuda no fim da manhã de ontem, fiz um almoço leve e saí para me exercitar um pouco.

O dia estava quente e agradável quando desci a encosta. Ao chegar ao rio, segui pela Ponte da Hesitação e olhei à minha volta. O céu estava azul e claro, e um pouco mais adiante na margem, onde começam os conjuntos de apartamentos, vi dois meninos pequenos brincando com varas de pescar à beira d'água. Fiquei olhando para eles um momento, repassando na cabeça a notícia sobre Matsuda.

Sempre pretendi fazer mais visitas a Matsuda desde que restabelecemos contato durante as negociações de casamento de Noriko, mas de fato não conseguira ir até Arakawa outra vez até um mês atrás, mais ou menos. Fui por puro impulso, sem ter ideia, naquela hora, de que ele estava tão perto do fim. Talvez Matsuda tenha morrido um pouco mais feliz por ter dividido seus pensamentos comigo naquela tarde.

Quando cheguei à sua casa, a srta. Suzuki me reconheceu

imediatamente e me fez entrar com alguma animação. O modo como me recebeu parecia sugerir que Matsuda não recebera muitas visitas desde a minha última, dezoito meses antes.

"Ele está muito mais forte que da última vez que o senhor esteve aqui", disse ela, alegre.

Fui levado à sala de visitas e momentos depois Matsuda entrou, sem ajuda, vestindo um quimono solto. Estava claramente contente de me ver outra vez, e durante alguns momentos falamos sobre frivolidades e conhecidos em comum. Acredito que só quando a srta. Suzuki trouxe nosso chá e saiu de novo é que me lembrei de agradecer a Matsuda pela carta de estímulo durante minha doença recente.

"Você parece ter se recuperado bem, Ono", ele observou. "Olhando para você, eu nunca diria que esteve doente há tão pouco tempo."

"Estou muito melhor agora", eu disse. "Tenho de tomar cuidado para não me cansar. E sou obrigado a carregar esta bengala comigo. Fora isso, me sinto tão bem como sempre."

"Você me decepciona, Ono. Achei que poderíamos ser dois velhos discutindo a má saúde. Mas aí está você exatamente como da última vez que veio. Tenho de ficar aqui sentado e invejar sua saúde."

"Bobagem, Matsuda. Você está muito bem."

"Não vai conseguir me convencer disso, Ono", disse ele com uma risada, "embora eu tenha recuperado um pouco de peso no ano passado. Mas me diga, Noriko-san está feliz? Soube que o casamento foi um sucesso. Quando veio aqui a última vez, você estava muito preocupado com o futuro dela."

"As coisas correram muito bem. Ela agora está esperando bebê para o outono. Depois de todas preocupações, as coisas foram melhores do que eu jamais poderia esperar para Noriko."

"Um neto no outono. Ora, isso é uma boa notícia."

"Na realidade", disse eu, "minha filha mais velha está esperando o segundo filho para o mês que vem. Ela queria muito outro filho, então é uma ótima notícia."

"De fato, de fato. À espera de dois netos." Durante um momento, ele ficou sentado ali, sorrindo e balançando a cabeça. Depois disse: "Você sem dúvida se lembra, Ono, de que eu estava sempre ocupado demais melhorando o mundo para pensar em casamento. Lembra-se das nossas discussões pouco antes de você e Michiko-san se casarem?".

Nós dois rimos.

"Dois netos", Matsuda repetiu. "Agora tem alguma coisa a esperar."

"É verdade. Tive muita sorte quanto a minhas filhas."

"E me diga, Ono, tem pintado atualmente?"

"Umas aquarelas para passar o tempo. Plantas e flores principalmente, só como diversão."

"Em todo caso, fico contente de saber que está pintando. Quando veio me ver da última vez, parecia ter desistido da pintura para sempre. Estava muito desiludido."

"Sem dúvida, estava, sim. Não toquei nas tintas durante um longo tempo."

"É, Ono, você parecia muito desiludido." Ele então olhou para mim com um sorriso e disse: "Mas claro, você queria tanto fazer uma grandiosa contribuição".

Retribuí o sorriso e disse: "Você também, Matsuda. Seus objetivos não eram menos grandiosos. Afinal, foi você quem redigiu aquele manifesto para a nossa campanha da crise com a China. Eram aspirações nada modestas".

Nós dois rimos de novo. E ele disse:

"Você sem dúvida se lembra, Ono, de como eu chamava você de ingênuo. Como eu te provocava por causa de sua visão estreita de artista. Você ficava bravo comigo. Bom, parece que no fim nenhum de nós dois tinha uma visão muito ampla."

"Acho que tem razão. Mas se víssemos as coisas com um pouco mais de clareza, então gente como você e eu, Matsuda — quem sabe? —, podíamos ter feito algum bem de verdade. Tínhamos muita energia e coragem naquele tempo. De fato, devíamos ter muito dessas duas coisas para fazer algo como aquela campanha do Novo Japão, você se lembra?"

"É verdade. Havia algumas forças poderosas contra nós na época. Podíamos facilmente ter perdido a coragem. Acho que devemos ter sido muito determinados, Ono."

"Porém eu nunca vi as coisas com muita clareza. Uma perspectiva estreita de artista, como você diz. Pois mesmo agora acho difícil pensar no mundo que se estende muito além desta cidade."

"Hoje em dia", disse Matsuda, "acho difícil pensar no mundo que se estende muito além do meu jardim. Então talvez você é que tenha agora a perspectiva mais ampla, Ono."

Mais uma vez demos risada juntos, então Matsuda tomou um gole de chá.

"Mas não precisamos nos culpar sem razão", ele disse. "Nós pelo menos agimos como acreditávamos e fizemos o máximo. Só que no fim acabamos sendo homens comuns. Homens comuns sem nenhum dom de visão especial. Foi simplesmente um azar para nós sermos homens comuns durante aquela época."

A menção de Matsuda a seu jardim atraiu minha atenção para ali. Era uma tarde branda de primavera e a srta. Suzuki deixara uma porta entreaberta, de forma que de onde eu estava podia ver o sol brilhando, refletido nas tábuas enceradas da varanda. Uma brisa suave entrava na sala, e com ela um tênue cheiro de fumaça. Levantei-me e fui até a porta.

"O cheiro de queimado ainda me deixa inquieto", observei. "Não faz muito tempo que significava bombas e fogo." Continuei olhando o jardim por um momento e acrescentei: "Mês que vem, vai fazer já cinco anos que Michiko morreu".

Matsuda ficou em silêncio um momento. Depois, ouvi que ele dizia, atrás de mim:

"Hoje em dia, o cheiro de queimado geralmente quer dizer que um vizinho está limpando o jardim."

Em algum lugar da casa, um relógio começou a tocar.

"Hora de alimentar as carpas", disse Matsuda. "Sabe, tive de discutir um longo tempo com a srta. Suzuki para ela me deixar começar a alimentar as carpas outra vez. Eu fazia isso regularmente, mas aí, uns meses atrás, tropecei numa das pedras do caminho. Tive de discutir com ela um longo tempo depois disso."

Matsuda se pôs de pé, calçou as sandálias de palha que ficavam na varanda e desceu para o jardim. O tanque ficava ao sol, no extremo do jardim, e seguimos com cuidado pelo caminho de pedras que atravessava as suaves ondulações de musgo.

Foi quando estávamos parados à margem do tanque, olhando a água verde e grossa, que um som nos fez erguer os olhos. Em um ponto não longe de nós, um menino de quatro ou cinco anos espiava por cima da cerca do jardim, pendurado com ambos os braços no galho de uma árvore. Matsuda sorriu e falou:

"Ah, boa tarde, Botchan!"

O menino continuou olhando para nós por um instante e desapareceu. Matsuda sorriu e começou a jogar ração na água. "O menino do vizinho", disse ele. "Todo dia a essa hora, ele sobe naquela árvore para me ver sair e alimentar meus peixes. Mas é tímido e, se eu tento falar com ele, sai correndo." Deu uma pequena risada para si mesmo. "Sempre me pergunto por que ele faz um esforço desses todos os dias. Não tem muito o que ver. Só um velho com uma bengala, parado junto ao tanque alimentando as carpas. Fico imaginando o que ele acha tão fascinante nessa cena."

Olhei para a cerca outra vez, onde um momento antes estivera o pequeno rosto, e disse: "Bom, hoje ele teve uma surpresa. Hoje, ele viu dois velhos com bengalas junto ao tanque".

Matsuda riu contente e continuamos a jogar ração na água. Duas ou três carpas esplêndidas vieram à superfície, as escamas brilhando ao sol.

"Oficiais do Exército, políticos, homens de negócios", disse Matsuda. "Foram todos acusados pelo que aconteceu com este país. Mas quanto a gente como nós, Ono, nossa contribuição foi sempre marginal. Ninguém se importa agora com o que pessoas como você e eu fizemos um dia. Olham para nós e veem dois velhos com suas bengalas." Ele sorriu para mim e continuou a alimentar os peixes. "Só nós nos importamos agora. Pessoas como você e eu, Ono, quando olhamos nossas vidas e vemos que foram falhas, somos os únicos que nos importamos agora."

Mas mesmo ao pronunciar essas palavras, ainda restava algo na maneira de Matsuda essa manhã que sugeria que ele não era mais que um homem desiludido. E com certeza não havia razão para ele morrer desiludido. Ele pode de fato ter olhado sua vida e visto certas falhas, mas com certeza teria reconhecido também aspectos de que podia se orgulhar. Pois como ele próprio apontou, gente como ele e eu tinha a satisfação de saber que tudo o que fizemos, na época, fizemos de boa-fé. Claro, demos alguns passos ousados e muitas vezes fizemos coisas com excessiva determinação; mas isso sem dúvida é preferível a nunca questionar as próprias convicções por falta de vontade ou de coragem. Quando a pessoa se apega muito profundamente a convicções, com certeza chega a um ponto em que é desprezível prevaricar ainda. Eu tinha toda confiança de que Matsuda pensaria dessa mesma forma ao olhar para a sua vida.

Um momento particular sempre me vem à cabeça — foi em maio de 1938, logo depois que recebi o prêmio da Fundação Shigeta. Naquela altura de minha carreira, eu havia recebido vários prêmios e honrarias, mas o prêmio da Fundação Shigeta, na opinião da maioria das pessoas, era um marco superior. Além disso, pelo que me lembro, eu tinha terminado nessa mesma semana nossa campanha Novo Japão, que se revelou um grande sucesso. A noite posterior à premiação, portanto, foi de muita celebração. Lembro de sentar no Migi-Hidari, cercado por meus alunos e vários colegas, que me ofereciam muitos drinques e faziam um discurso após o outro em minha homenagem. Todo tipo de conhecidos compareceu ao Migi-Hidari naquela noite para me congratular; lembro-me até de um chefe de polícia que eu nunca tinha visto antes entrar para apresentar seus respeitos. Mas por mais feliz que estivesse naquela noite, eu curiosamente não sentia a sensação profunda de triunfo e realização que o prêmio deveria proporcionar. De fato, só vim a experimentar essa sensação dias depois, quando estava na encosta do campo na província de Wakaba.

Eu não voltava a Wakaba havia dezesseis anos — desde o dia em que deixara a casa de campo de Mori-san, determinado, mas ainda assim temeroso de que o futuro não reservasse nada para mim. No decorrer de todos aqueles anos, embora eu tivesse rompido todo contato formal com Mori-san, continuava curioso por qualquer notícia referente a meu antigo professor, e portanto tinha plena consciência do constante declínio de sua reputação na cidade. Seu esforço para assimilar a influência europeia na tradição de Utamaro passara a ser visto como fundamentalmente antipatriótico, e sabia-se que, de tempos em tempos, ele fazia forçadas exposições em locais cada vez menos prestigiados. De fato, eu tinha ouvido de mais de uma fonte que ele começara a ilustrar revistas populares para obter seus rendimentos. Ao mesmo tempo, estava convencido de que Mori-san havia acompanhado o desenvolver de minha carreira, e era quase certo que soubera que eu tinha recebido o prêmio da Fundação Shigeta. Foi, portanto, com uma aguda consciência das mudanças que o tempo produzira em nós que desembarquei do trem na estação do bairro naquele dia.

Era uma tarde ensolarada de primavera quando parti para a casa de campo de Mori-san por aquelas trilhas de altos e baixos da floresta. Fui devagar, saboreando a experiência daquele caminho que eu um dia conhecera tão bem. E o tempo todo revirava em minha cabeça o que poderia acontecer quando me visse frente a frente com Mori-san mais uma vez. Talvez ele me recebesse como um hóspede honroso; talvez fosse frio e distante como em meus últimos dias na casa de campo; por outro lado, ele podia se comportar comigo do jeito que sempre se comportara enquanto fui seu aluno favorito — isto é, como se as grandes mudanças em nossos respectivos status não tivessem ocorrido. A última dessas possibilidades me parecia a mais provável, e me lembro de cogitar como eu iria reagir. Estava decidido a não retomar velhos hábitos e chamá-lo de "sensei"; em vez disso, me dirigiria a ele simplesmente como se fosse um colega. E se ele insistisse em não admitir a posição que eu então ocupava, eu diria, com uma risada amiga, algo como: "Como vê, Mori-san, não fui obrigado a passar minha vida ilustrando revistas em quadrinhos como o senhor temia".

Por fim, me encontrei naquele ponto do alto do caminho montanhoso que dava uma bela vista da casa de campo entre as árvores no baixio lá adiante. Parei por um instante para admirar a vista, como tinha feito tantas vezes, anos antes. Havia um vento refrescante e dava para ver, lá embaixo, as árvores oscilando suavemente. Perguntei-me se a casa de campo tinha sido reformada, mas, de longe, era impossível ter certeza.

Depois de algum tempo, me sentei em meio à grama silvestre que crescia ao longo do morro e continuei olhando a casa de campo de Mori-san. Tinha comprado laranjas numa barraca da estação, tirei-as do lenço e comecei a comer uma por uma. E foi ali sentado, olhando a casa de campo, a saborear laranjas frescas, que aquela profunda sensação de triunfo e satisfação começou a crescer dentro de mim. Difícil descrever o sentimento, porque era bem diferente do tipo de exultação que se sente com triunfos menores — e, como eu disse, muito diferente de qualquer coisa que eu tivesse experimentado durante as comemorações no Migi-Hidari. Era uma profunda sensação de felicidade advinda da convicção de ter seus esforços justificados; que o trabalho duro empreendido, as dúvidas superadas, tinham todos valido a pena; que algo de real valor e distinção tinha sido conquistado. Não cheguei a ir até a casa de campo esse dia — parecia sem sentido. Simplesmente continuei sentado ali durante uma hora e tanto, em profundo contentamento, a comer minhas laranjas.

Calculo que não seja um sentimento que muita gente venha a experimentar. Gente como o Tartaruga — gente como Shintaro — pode continuar na labuta, de modo competente e inofensivo, mas gente assim jamais conhecerá o tipo de felicidade que senti naquele dia. Porque esse tipo de gente não sabe o que é arriscar tudo no empenho de subir acima da mediocridade.

Matsuda, porém, era outro caso. Embora ele e eu sempre brigássemos, nossa visão da vida era idêntica, e tenho certeza de que ele seria capaz de olhar em retrospecto um ou dois desses momentos. De fato, tenho certeza de que ele estava pensando assim quando me disse na última vez em que conversamos, com um suave sorriso no rosto: "Nós pelo menos agimos conforme o que acreditávamos e demos o nosso máximo". Pois qualquer que seja a reavaliação a que se possa chegar em anos posteriores, é sempre um consolo saber que sua vida conteve um ou dois momentos de real satisfação como o que experimentei aquele dia no alto do caminho da montanha.

Ontem de manhã, depois de parar na Ponte da Hesitação por alguns momentos, pensando em Matsuda, segui para onde ficava antes o bairro do prazer. A área foi agora reconstruída e ficou totalmente irreconhecível. As ruazinhas estreitas que atra-

223

vessavam o centro do bairro, cheias de gente e das placas dos
vários estabelecimentos, foram agora substituídas por uma ampla rua de concreto ao longo da qual caminhões pesados vão e
vêm o dia inteiro. No lugar onde ficava o bar da sra. Kawakami,
existe agora um edifício de escritórios com fachadas de vidro, de
quatro andares. Ao lado dele, mais desses prédios grandes, e durante o dia, podem-se ver funcionários de escritório, entregado-
res, mensageiros, todos muito ocupados, entrando e saindo. Não
existem mais bares agora, até se chegar a Furukawa, mas aqui
e ali é possível reconhecer um pedaço de cerca ou uma árvore
que restaram dos velhos tempos, com o aspecto estranhamente
incongruente no novo cenário.

No lugar onde ficava o Migi-Hidari há agora o pátio frontal
de um grupo de escritórios afastado da rua. Alguns funcionários
sêniores deixam seus carros nesse pátio, mas em sua maior parte
é apenas um espaço vazio asfaltado com algumas árvores novas
plantadas em vários pontos. Na frente desse pátio, do lado da rua,
há um banco do tipo que se encontra em parques. Não sei para
quem foi instalado ali, porque nunca vi nenhuma dessas pessoas
ocupadas jamais parar ali para relaxar. Mas, na minha fantasia,
o banco ocupa um ponto muito próximo de onde estaria situada
nossa velha mesa do Migi-Hidari, e eu às vezes me sento nele.
Pode não ser um banco público, mas está perto da calçada e
ninguém nunca protestou que eu me sentasse ali. Ontem de manhã, com o sol brilhando, agradável, me sentei nele outra vez e
ali fiquei algum tempo, observando o movimento à minha volta.

Devia estar perto da hora do almoço porque, do outro lado
da rua, vi grupos de funcionários em mangas de camisa brancas
brilhantes saírem do prédio de fachada de vidro onde ficava o
bar da sra. Kawakami. E, enquanto olhava, me ocorreu o quanto
esses jovens estavam cheios de entusiasmo e otimismo. A certa
altura, dois rapazes que saíam do prédio pararam para conver-

sar com um terceiro que estava entrando. Pararam na soleira da porta daquele prédio de fachada de vidro, rindo juntos ao sol. Um rapaz, cujo rosto eu via com mais clareza, ria de maneira particularmente alegre, com algo da aberta inocência de uma criança. Então, com um gesto rápido, os três colegas se separaram e seguiram seus caminhos.

Sorri para mim mesmo enquanto observava do meu banco esses jovens funcionários de escritório. Claro, às vezes, quando me lembro daqueles bares muito iluminados e de toda aquela gente reunida debaixo das luzes, rindo um pouco mais ruidosamente talvez do que os jovens de ontem, mas com exatamente o mesmo bom humor, sinto certa nostalgia do passado e do bairro como era antes. Mas ver como nossa cidade foi reconstruída, como as coisas se recuperaram tão depressa ao longo desses anos, me enche de genuína alegria. Nossa nação, ao que parece, quaisquer que tenham sido os erros do passado, tem agora outra chance de aproveitar mais as coisas. Só se pode desejar o bem para esses jovens.

1ª edição [2018] 2 reimpressões

ESTA OBRA FOI COMPOSTA PELO GRUPO DE CRIAÇÃO EM ELECTRA E
IMPRESSA PELA GEOGRÁFICA EM OFSETE SOBRE PAPEL PÓLEN DA
SUZANO S.A. PARA A EDITORA SCHWARCZ EM MAIO DE 2024

A marca FSC® é a garantia de que a madeira utilizada na fabricação do papel deste livro provém de florestas que foram gerenciadas de maneira ambientalmente correta, socialmente justa e economicamente viável, além de outras fontes de origem controlada.